小学館文庫

蟲愛づる姫君

春夏秋冬の花束

宮野美嘉

小学館

目次

第一書　春ノ恋文・上旬……007
第二書　春ノ恋文・下旬……052
寸書ノ一……104
寸書ノ二……113
第三書　夏ノ見舞状……119
第四書　秋ノ怪文書……141
寸書ノ三……200
寸書ノ四……209
第五書　冬ノ密書……218
追伸……250

蟲愛づる姫君

春夏秋冬の花束

「あら、葉歌(ようか)。何を書いているの？」

「ぎゃ！　覗(のぞ)かないでくださいまし、お妃様(きさき)。これは斎(さい)の彩蘭(さいらん)様にあてた機密文書なんですからね」

「へえ……お前、まだお姉様に書簡を送っているのね」

「もちろんですよ。あなた様の身に起きた全てを記して送るようにと、彩蘭様は私にお命じですもの。何年経(た)っても、ほんっと……人使いが荒いんだから」

「お姉様は容赦のないお方だもの。私の暮らしなど機密でも何でもないけれど、お姉様がお望みならば存分に書いて差し上げなさい」

「お妃様は存在自体が重大重要危険機密ですよ。私の命が続く限り、何十年でも観察して記録してあげますから、覚悟しておいてくださいね」

　そう言うと、忠実な女官は書き終えた書簡をくるくると畳んだ。

「彩蘭、何を読んでいるんだい？　ああ……玲琳姫の近況か」

「ええ、あの子は相変わらず楽しそうに過ごしているようで何よりですよ」

「きみは本当に玲琳姫が可愛いんだな。昔、きみがあの男に玲琳姫を嫁がせると言い出した時には、正気を失ってしまったのかと疑ったが……」

「まあ、わたくしがあなたにそんな無様を晒したことがありますか？」

「いいや、きみはいつだって美しく完璧な女帝陛下だ」

「ふふふ、そのわたくしにあそこまであからさまな喧嘩を売ってきたのは、大陸広しといえど、魁国の楊鍠牙くらいでしょうね」

「はは、懐かしい話だ。まさか一国の王女の嫁ぎ先があんな戯けた書簡のやり取りで決まってしまったなんて、当の玲琳姫も知らないことだろう」

「文字というものには、国の行く末を左右するほどの力があるのかもしれませんね」

そう言うと、女帝は今までに届いた書簡の束を愛おしげに眺めた。

第一書　春ノ恋文・上旬

偉大なる女帝陛下に、卑賤(ひせん)なしもべが愛らしいお話を謹んでお伝え申し上げます。

この春、麗しい火琳(かりん)姫は十五歳におなりあそばしました。

たいそうめでたきことなれど、火琳姫には一つだけ大いに思い悩んでいることがおありなのです。


「ねえ……私、綺麗(きれい)？」

草木の芽吹く春の庭園で、一人の少女がそう問うた。

名を楊火琳といい、十五を迎えたばかりの魁国の王女である。

「もちろんお美しいですわ」

仁王立ちで後宮の庭園を睨(にら)んでいた王女の問いに、背後で控えていた王女の教育係である秋茗(しゅうめい)が首をかしげながらもはっきりと答えた。

「火琳様より愛らしい姫君なんて、きっとどこを探してもいませんよ」

「本当に？」

「もちろん本当ですとも」

秋茗がにこっと笑って再度肯定し、促すように横を向くと、そこにいた女官たちや衛士たちも力強く頷いた。

「火琳様ほど美しく可愛らしい姫君など我々も見たことがありません！」

「それに火琳様はとびきり利発で、次期女王に相応しい立派な姫君ですわ！」

「この王宮に、火琳様を愛しく思わない者など一人だっているものですか！」

彼らは熱のこもった声で口々に言う。実際、その言葉の正しさを証明するように、火琳は美しく愛らしい姫君なのだった。いや……より正しく言うならば、火琳は美しいとか愛らしいと評するより華やかで艶やかな姫君だった。

火琳はしかつめらしい顔でそれを聞き、重々しく頷いた。

「そうよ、分かってる。私は綺麗で可愛くて優秀で……完璧なの。よし、いけるわ」

腹の辺りでぐっと拳を固め、大股で歩き出す。

「火琳様、どちらへ？」

「……ついてこなくていいわよ」

決死の形相に一同はその行く先を察し、なんとも生暖かい眼差しで見送った。

火琳は怖い顔のままずかずかと庭園を突っ切り、建物の中に入り、迷いなく一点を目指して歩みを進める。

そうして後宮の一室にたどり着き、硬い顔で一つ大きく深呼吸すると、部屋の戸を勢いよく叩いた。

一瞬の静寂を挟み、部屋の戸が内側から開かれる。中から出てきたのは三十をいくつか過ぎた頃の男だった。ぴんぴん尖った硬そうな髪に、端整で華やかな顔立ちをしているこの男は、魁国の王子炎玲の護衛役で名を風刃という。かつて王宮一の遊び人と呼ばれたこの男は、今も変わらずそう呼ばれている。

風刃は怪訝な顔で首を傾げた。

「何の用です？　俺、今日は休みなんすけど」

ぼりぼりと腰の辺りを掻きながら気だるげに聞いてくる。

火琳は気づかれぬよう、こくんと小さく唾を呑んで、胸をそらした。

「榮覇おじさまに子供が生まれたんですって」

突然突き付けられた名前に、風刃は顔をしかめた。

榮覇というのは隣国の王の名で、魁王家にとっては因縁のある友だ。火琳も炎玲も幼い頃から親しくしているが、昔色々あったとかで風刃は彼があまり好きではないらしい。

「五人目の子供よ。女の子」

「俺はあの野郎が幼馴染の彼女に振られる方に賭けてたんですがね」

風刃は意地悪くそんなことを言う。

「榮覇おじさまの執念勝ちよ。あの人は未だにお母様を口説いてくる不届き者だけど、一途なんだから。どこかの誰かさんと違ってね」

火琳はちろりと風刃を見上げる。彼は別段反応するでもなく、話を続ける。

「それで？　あの野郎に子供が生まれたからどうしたっていうんです？」

問われた火琳は一瞬息を呑んだ。ここからが本題だ。

「榮覇おじさまにお祝いを贈ろうと思って」

「はあ……いいんじゃないですか？」

気のない肯定が返ってくる。火琳はそれにめげず言葉を重ねる。

「こういうのって、気持ちが大事でしょ？　何でも手に入れられる王女が命令一つで臣下に用意させたような贈り物なんてつまらないって思わない？　大事な人への贈り物は、自分の足で探さなくちゃいけないんじゃないかしら？」

「そりゃまあ……どうぞご自由に」

またしても気のない肯定が……火琳はムキになって早口になった。

「だからね、街に出て榮覇おじさまが喜びそうなものを探そうかなって思うの。それにほら、いずれこの国をしょって立つ者として、市井の暮らしを折々に見ておくのは大切でしょ？」

「……そうっすね」

どこまでも興味なさそうな相槌を受け、火琳はますますムキになる。

「護衛が必要でしょ。王女が一人で出歩くわけにはいかないんだから。雷真は風邪ひいてるし、お前しかいないのよ。風刃、私の供をしなさい」

腰に手を当て、高慢に命じる。が――

「いや、俺休みだって言ってるじゃないですか。他の奴連れて行ってくださいよ。つーか、あの馬鹿の風邪が治るまで待ってりゃいいでしょうが。あいつが寝込んでる間に俺があなたを勝手に連れ出したりしたら、あいつ後でぎゃーぎゃー言ってめんどくせえんでね」

「何よ、雷真が怖いの？」

ぐっと距離を詰めて顔を見上げる。

「残念ですけど、そーゆー挑発に乗ってやるほど俺は若くないんですよ。もうおっさんなんです。それに、俺はこう見えて忙しいんですよ」

ひらっと手を振って追い返そうとするので、火琳は彼の袖を乱暴に引っ張った。

すると風刃は気だるげな態度を一変させ、怖い顔で火琳を睨んだ。あんまり怖い顔をするので、火琳は思わずびくりと手を引っ込める。

しん……と、嫌な静けさが襲ってきて、お互い身動きもせずにいると——

「おまたせー……あら？　火琳様？　やだ、お取込み中でしたか？」

すぐそこの角から駆けてきた女官が、睨み合う火琳と風刃に気づいて気まずそうに足を止めた。

「いや、ちょうどよかったよ。ほら、火琳様。俺用事があるんで、失礼しますよ」

「え、用事って……？」

「彼女と出かける約束してたんで」

風刃はそう言うと、戸惑う女官の肩を抱く。火琳はその姿を見て目をまん丸くし、凍りついた。ややあって解凍した火琳は、ぺたんとその場に座り込む。

「ん？　どうしました？」

風刃は女官から手を放し、慌てて身を屈（かが）める。

火琳は顔を上げると真っすぐ彼に両手を伸ばした。

「だっこして」

「………はあ？」

呆（あき）れと怒りを絶妙にまぜこんだ低い声が響く。火琳はそれでも手を伸ばし続ける。

「だっこして。足が疲れちゃったの。部屋まで連れて行って」

真顔で命じる火琳に、風刃はますます剣呑（けんのん）な気配を漂わせる。

「馬鹿ですか？　あんた幼児か！」

「どうしてダメなの？　一昨年まではだっこしてくれたじゃない。私が疲れたって言ったら、いつだって抱き上げて運んでくれたじゃない。おんぶだって肩車だってしてくれたわ。なのに今はどうしてダメなのよ」

「やだ……火琳様ったらなんてお可愛らしいことを……」

傍らの女官が何故（なぜ）かきゅんときたらしく頬を染めている。いや、彼女の心を揺さぶりたいわけでは断じてない。

一方風刃は、これ以上ないほどの渋面（じゅうめん）で火琳を見下ろしているのだった。

「一国の王女様ともあろうお方が、甘ったれのガキみたいにだっこされたいっていうんですか？」

「そうよ、お前にだっこしてほしいのよ」

火琳はこれ以上ないほどの真顔で訴える。

両者はそのまましばし睨み合い……風刃が先ににやっと笑った。

「大切なお姫様に手を触れたりしたら、陛下から大目玉を食らっちまうんでね、御免蒙（こうむ）りますよ」

からかうように言い、彼は女官の肩を抱くときびすを返して歩き出した。女官はおろおろしていたが、風刃に引きずられてゆく。

二人がいなくなると、火琳はしばしその場に座り込んでいたが、よろよろと起き上がり、ぐっと拳を固めて――逆方向に走り出した。

すれ違う人々を驚かせながら廊下を駆け抜け、自分の部屋の隣の部屋に駆け込む。

勢いよく飛び込むと、その部屋の真ん中に座っていた少年が驚いたように顔を上げ、苦笑しながら手招きした。

「炎玲……」

火琳は名前を呼びながら駆け寄り、転がるような勢いで少年に抱きついた。

抱きつく火琳を受け止めたのは、双子の弟である王子炎玲だ。

「どうしたの？　火琳」

「もうやだ……あんなヤツ大っ嫌い！　今日からもう絶対嫌いになってやるんだから！　あんなヤツもう知らない！　うわあああああん！」

火琳は弟に縋（すが）ったままじたばたと足を動かし、喚（わめ）く。

炎玲はそんな姉の背を優しくぽんぽんと叩いた。

「また風刃に冷たくされたの？」

「……今日もだっこしてくれなかった……」

「そっか……悲しかったね」

「別に悲しくなんかないわよ！」

「そっか、火琳は本当に風刃が好きなんだねえ」

はっきりと言葉にされ、火琳はうぐっと呻いて動きを止めた。

そう……後宮の誰もが知っている事実だ。国を継ぐことが決まっている王女火琳が、身分も財力も何もない一介の護衛に恋をしているということは。

「……好きなのは……もうやめるんだってば……」

「そっか、今度はやめられるといいね」

炎玲は微苦笑で励ます。

火琳は深々とため息を吐いた。

「……みんなが私を可愛いって言うのはこの国の王女様だからで、本当は全然綺麗でも可愛くもなくて何もないつまらない女の子なのかもね……」

そしてまたため息……

「火琳にはそういうこと、言ってほしくないな。火琳がどんなに素敵な女の子か、僕はよく知ってるもの。火琳は自信満々に立ってるのが似合うよ」

炎玲は縋る火琳の頭をよしよしと撫でてくれる。

「じゃあどうして風刃は私をだっこしてくれないの？」

「うーん……それはだって、僕らはもう十五だよ」

「あいつ、あなたのことは今でもだっこするじゃない」

「うーん………そうだね、風刃は僕のこと、大好きで可愛くて仕方ないから困っちゃうよね」

そう、彼の護衛役を務めている風刃は、今でも炎玲にべったりなのだ。すっかり成長して年齢相応に背も伸びた炎玲を、幼児の頃と同じに平気でだっこしようとする。

その傍らにいる火琳には、指一本触れようとしないくせに……

「……やっぱりあいつ、私が嫌いなんだわ」

火琳はじわっと涙が出そうになり、炎玲から離れて目を擦った。

「ちっちゃい頃、私はもっと勇敢で自信があったような気がするのに……どうしてこんなに憶病になっちゃったのかしら……」

炎玲は火琳の目元を指で拭い、優しく笑いかけてくる。

「僕らは少し大人になったもの。いつまでも勇敢なままでいられるほど無知でも幼稚でもないよ」

「じゃあお母様は？　お母様は昔も今もずっと変わらず自信家で、怖いものなんか何もないって顔してるわ」

すると炎玲は、やれやれと言うように首を振った。

「ねえ、火琳。僕たちみたいに真っ当な常識人が、ああいう奇想天外な人と張り合っちゃいけないよ。火琳、きみはただ、美しくて可愛くて賢くて優秀で何でもできるだけの……人間なんだから」

母親に対してずいぶんな言いように火琳は呆れた。一瞬反駁しようとして……結局やめておく。反論の余地が見当たらなかったのだ。確かに二人の母親である王妃李玲琳という人は、常識という言葉から最も かけ離れた場所にいるような人物なのである。母の姿を頭に思い浮かべていると、火琳は何やら悩んでいたことが馬鹿馬鹿しくなってきた。

「はあ……風刃の好みの女性ってお母様みたいな人でしょ。本当にどういう趣味してるのかしら……」

あんな女性になれるわけがない。悩むだけ無駄というものだ。

「難しい人を好きになっちゃったね、火琳も」

苦笑いする弟に一瞬ムッとし、しかし火琳の胸にはすぐさま別の思いが湧いてきた。

「難しくなんかないわ……本当はね、あいつを私のものにするなんて簡単なのよ」

言葉にすると妙に冷え冷えとした響きがあった。

「お父様にお願いすれば、そんな願いなんてすぐに叶うわ。お父様は私のお願いならなんでも叶えてくださるんだから。だけど……そんなみっともないこと、私は死んでもしない」

国王である父ならば、そんな願いはいとも容易く叶えてくれるだろう。王に命じられれば臣下である風刃は逆らえない。火琳は何の苦労もなく、欲しいものを手にすることができるのだ。けれど、それをした瞬間自分のこの想いは価値を失うに違いない。

火琳が歯を食いしばって断言すると、炎玲はふっと笑み崩れる。

「僕はね、火琳のそういうところが好きだよ」

そう言って、彼は立ち上がると部屋の奥にある棚から小さな壺を取り出してきた。

「そんな可愛い火琳に、いいものをあげよう」

「何これ？」

火琳は差し出された壺を受け取り、しげしげと眺める。

「僕が作った蠱毒だよ」

蠱師というものがいる。百蟲を甕に入れて喰らい合わせ、生き残った一匹を蠱として人を呪う術者のことだ。

魁の王妃李玲琳は多くの蠱師を有する蠱毒の里の長であり、炎玲はその血と智を受け継ぐ蠱師だ。それゆえに、彼は王子でありながら王位継承権を放棄し、日々蠱術の修練に勤しんでいる。

そんな弟が造蠱したという蠱毒を渡された火琳は、眉をひそめてその壺を体から遠ざけた。

「……え？　何？　風刃をこれで仕留めろっていうの？」

「違うよ。それはね……人の心に作用して、恋情を増幅させる毒なんだ」

　くっくと笑いながら炎玲は説明する。

「惚れ薬ってこと？」

　火琳はたちまち顔をしかめた。

「馬鹿にしないで、炎玲。私にだって人並みには矜持ってものがあるのよ。蠱毒で人の心を歪めてまで彼を手に入れたいとは思わないわ」

「僕も同じだよ。人の心を歪める毒なんて作りたくない。これは火琳を好きじゃない人にとっては何の効果もない毒なんだ。ただ、少しでも火琳に恋心を抱いている人間が飲むと……その恋心が膨らんで、隠しておけなくなる。そういう毒」

　それはつまり……どういうことだろうか？　火琳が怪訝な顔をしていると、炎玲は目の前にしゃがんで壺の蓋をつついた。

「つまりね、身分とか立場とか年齢とか……そういうもので恋心を抑え込んでる人間を、素直にさせる毒……ってこと」

「じゃあ、これを使えば……」

　火琳はごくんと唾を呑んだ。

「そう、つれない彼の本心を確かめちゃおう大作戦ができるってこと」

炎玲はちょっとふざけた物言いをして、ぱっと両手を開く。

「ふうん……ちなみにおいくらで譲っていただけるのかしら？」

こほんと咳払いして確かめると、炎玲はにんまり笑った。

「毒草園に撒く新しい宝石がほしいなあ」

「いいわ。この蠱毒、買いましょう」

火琳は覚悟を決め、ぐっと壺を握りしめた。


その日の夜のこと――

炎玲は、部屋に風刃を呼びつけた。

彼は炎玲専属の護衛役だから、呼ばれれば休みでも飛んでくる。

「どうしました？　炎玲様」

いつものようににこにこと聞かれ、炎玲は部屋の真ん中に座り込んだまま例の壺を差し出した。

「新しい毒を作ったんだ。ちょっと実験台になってくれない？」

炎玲が少年の域を抜け出さないあどけなさを振りかざして乞うと、風刃は驚きもせず頷いた。

「ああ、はいはい。いいですよ」

あっさり承知し、ひょいと壺を取る。

「一口でいいからね、飲んでみてくれるかな？」

「死ぬやつですか？」

「たぶん死なないよ」

「そうですか、じゃあいきますよ」

と、彼は躊躇いもなく壺の中身をごくんと一口飲みこむ。

その様子を部屋の物陰に隠れて見ていた火琳は、呆れた。

時々……いや、しばしば、あの男は馬鹿なんじゃないかと思うことがある。毒の耐性など少しもないくせに、平気で毒を飲みこんでしまうのだ、この男は。もしかしたら、死ぬやつだよと言われても同じように飲みこむかもしれない。

風刃が毒を飲んだのを確かめ、炎玲は隠れている火琳の方を向いた。

「火琳、出ておいでよ」

呼ばれて火琳は恐る恐る姿を見せる。

「あれ？　火琳様もいたんですか」

「ええ、ちょっとね……」

火琳は後ろめたさも相まって言葉を濁した。彼は特に興味ないというように、すぐ火琳から目線を切った。

「風刃、何か変化はある？」

炎玲が風刃に向き直って確認した。彼は自分の胸を押さえてしばし考え込み、顔をしかめ、首を捻った。

「けっこう苦めで不味いですけど……変化は特にないですね。どういう変化があれば成功なんですか？」

逆に聞かれ、炎玲はぽかんとし、火琳の方を向き、困ったような顔になった。

火琳は呆然とその場に佇むことしかできなかった。

変化がない……それはつまり……彼が火琳に対して恋情など全く抱いていないという証明だった。

「……炎玲、ありがとう。よく分かったわ」

火琳はぽつりとつぶやき、ふらりと幽鬼のような足取りで歩き出すと、二人の男を置き去りにして部屋を出た。

「やっぱり私を好きになる男なんていないんだわ……」

ふらふらと歩いてゆく火琳を、背後から見守っている一つの影があった。一連の成り行きをずっと覗き見ていたその人物は、深夜炎玲の部屋に侵入すると、そこに残されていた毒の壺を盗み出した。

永遠に寝ていたい……そんな気持ちで火琳は目を覚ました。

失恋した翌朝の気持ちなんてそんなものだ。

しかし火琳は、そんじょそこらの少女ではない。彼女は楊火琳である。ゆえに、その痛みを数拍で乗り越え、起き上がった。

こんなことでくじけているわけにはいかない。自分には愛するこの国がある。立派な女王となるために、邁進（まいしん）するのだ。もうそれしかない。

ぐっと拳を固め、寝台から下りようとしたところで、部屋に女官が入ってきた。

「火琳様、おはようございます。ちょっとおかしなことが起きてしまって……今よろしいですか？」

困惑顔の女官に問われ、火琳は首を捻りながらも応じた。

女官の手を借り身支度を整えると、部屋にぞろぞろと見覚えのある臣下や衛士や兵士たちが入ってきた。数えきれないほどの男たちが、部屋からあふれて廊下にもずらりと並んでいるのが見える。しかも全員、顔や腕に真新しい痣（あざ）や傷がある。

「……これは何事？　何か暴動でも起きたの？」

ただ事ではない空気を感じ、火琳の声にも緊張感が宿った。重大なことなら父である国王のもとへ行くはずだ。それがここに集まってきたとはいったい……？

「おそれながら申し上げます。我々は、『火琳様をお慕いする会』の者」

「…………はい？」

火琳は間違いなく聞き間違えたと思い、間の抜けた声が出た。

「我々は、『火琳様をお慕いする会』の者なのです」

聞き間違い……じゃ、なかった……

何だその会は？　初耳だ。見ず知らずの会に自分の名が刻まれているというのは、何というか……うん……

「まあ……あなた方は『火琳様をお慕いする会』の方々だったんですのね？」

女官はそこでようやく事態を把握したというように呟く。

え、知ってるの？　その会はそんなに浸透しているのか？

狼狽える火琳に向かって、一同は整然と跪く。

「我々『火琳様をお慕いする会』は、密やかに活動を続けて参りましたが……」

活動とは……いったい何を？

「昨夜、我々会員は会合の途中で突如火琳様への想いを抑えきれなくなり、口論となってしまいました」

いや、会合って何さ。

「口論は次第に熱を帯び、ついには乱闘に発展してしまい……収拾がつかなくなった我らは決断したのです」

「……な、何を？」

恐る恐る聞いた火琳を真っすぐに熱っぽい目で見つめ、先頭の男が言った。

「我々の中から、気に入った者を側室として選んでいただきたい！」

そういえば、今日は昨日読んだ書物の続きを読もうと思っていたんだった。後で持ってきてもらおうか……

「まあ！　不躾に何でしょう!?」

現実逃避した火琳の代わりに女官が言った。

「身の程を弁えぬことだと承知しております。無論、正室になどというつもりはありません。どうか我々のこの想いを汲み、この中から側室を選んでいただきたいのです。気に入った者を何人でも！　選ばれなかった者はこの思いを断ち切る所存です！」

発火しそうな彼らの瞳がいっせいに火琳を射る。その熱にくらくらしかけたところで、男たちをかき分け隣の部屋から炎玲がやってきた。

「火琳、どうしたの？　これはいったい何なのさ」

「わ、私に聞かれても困るわ」

「あれ？　これって、『火琳様をお慕いする会』の人たちじゃないの？」

「あなたもその会のこと知ってるの!?」

「え？　知らないのは火琳だけだと思うよ」

あっさり言われて絶句する。

「まあそれはいいけどさ、この人たち……」

「よし、上手(うま)くいったな」

そこで突如後ろから声をかけられ、火琳は驚いて振り向きかける。しかしそれと同時に肩を抱かれて身動きできなくなり、首だけを巡らせてそこにいる不届き者を見た。

火琳の肩を抱いているのは同じ年頃の少年だった。妙に目つきが悪く、態度に礼儀の気配はない。彼は火琳に体重を預け、満足そうに男たちを眺めている。この少年は名を青徳(せいとく)といい、現在火琳と炎玲の護衛を務めている者の一人だ。九年ほど前からこの王宮で共に育ったきょうだいのような相手でもある。

「青徳！　あなた、何か知ってるの？」

問いただすと、青徳は躊躇いなく頷いた。

「ああ、俺が昨夜炎玲の毒を奴らに飲ませた。ちょうど会合で集まってたからな」

「何ですって!?　どうしてそんなことしたのよ！」

「どうしてって……」

青徳は肩を抱いたまま、火琳の顔を真顔で見つめてくる。

「お前がどれだけ魅力的かってことを、お前に教えるために決まってる」

　火琳はまた絶句。

「……青徳」

　と、いつもより低い声で呼んだのは炎玲だ。見れば、ひやっとするような怖い顔で青徳を見据えている。

「怒るなよ、炎玲」

「毒を勝手に使うなんて、ダメだよ」

「悪かった。だけど……火琳が悲しそうな顔してるなんて嫌だろ？　俺は嫌だよ」

「……そりゃ、僕だって嫌だよ」

「だろう？」

「……ちょっと待って……つまり、炎玲が昨日作ってくれたあの蠱毒を飲まされて、彼らはこんなことになっちゃったっていうの？」

　火琳はわなわなと震えながら、青徳の腕を振り払って向き直った。

「まあ、いつもとそれほど変わらないけどな。お前への恋心が溢（あふ）れてるんだろ」

「私、こんなことしてほしいなんて言ってないわよ！」

「火琳様、我々の存在を煩（わずら）わしくお思いなら、一言死ねとおっしゃってください！」

　跪いていた男たちがたちまち声を荒らげた。

「馬鹿なこと言わないで！　誰が死ねなんて言うもんですか。私が好きなら、私のために生きなさいよ！」

火琳は反射的に怒鳴った。男たちは感動で泣き出し、炎玲と青徳はぱちぱちと手を叩いた。

「それでこそ火琳だ」

炎玲と青徳が同時に言った。

「解蠱薬（かいこやく）は一人分しか用意してなかったから、三日待って」

炎玲はそう言って自分の部屋に籠った。

そして父の政務を手伝おうと宮廷に向かった火琳の後ろには……ぞろぞろぞろ……男たちの群れが連なっている。

火琳はいつでもどこでも人目を引いたが、この日は目を引いたなどという生易（なまやさ）しい表現に収まらなかった。

「……火琳様、何やってんですか？」

道すがら鉢合わせた風刃が、呆気（あっけ）にとられた様子で聞いてくる。

そんなものはこっちが聞きたいと思いながら、火琳はふんぞり返った。

「私の側室になりたい男たちの群れよ」

冗談みたいなこの言葉が、完全に真実だというのが恐ろしい。

「ははあ……玲琳様がまた何かわけの分からないことをしでかしたんですか？」

ぴんときたらしく腕組みして聞いてくるが、残念ながら外れだ。

「……ねえ、お前も知ってたの？　その……私を慕う会なんてものがあるってこと」

自ら口に出すのはいささか抵抗がありながらも、聞いてみる。

「あー……『火琳様をお慕いする会』ですか？」

知っていたのか……

「あのクソしょーもない会が、どうしたってんです？」

クソしょーもない……その言葉がちょっとグサッときた。

「……教えてくれてもよかったじゃない。そういうのがあるってこと」

「教えるほどのことじゃないでしょうよ」

「何でよ。そんなのがあるって、結構大ごとでしょ。私、びっくりしたんだから」

そこまで私に興味がないかと思い苛立つ火琳と対照的に、風刃は飄々としたものだった。

「別に驚くほどのことじゃないでしょうが。国中の男がいずれあなたに平伏すなんて、十年も前から分かってたことだ。あの馬鹿げた会はそのうちのひとかけらにすぎませんからね」

急にそんなことを言われて、火琳は一瞬ぽかんとし、その意味をじんわり胸に染み込ませてたちまち頬が熱くなった。

そんな会ができて当たり前なくらい魅力的な女の子だと、思ってくれている……？

しかし、風刃は肩をすくめてあっさりと言った。

「まあ、俺には全く理解できない会ですけどね」

鈍器で殴られたような衝撃を受け、思わずよろめく。

「……そう……そうよね……あなたはもう、私のことだっこしたくないんだものね。だったらやっぱり、私を好きでいてくれる男の中から側室を選んだ方がいいのかも」

本気でそういう気持ちになってきた。

ふつふつと、奇妙に激しい熱を帯びた感情が湧きあがってくる。火琳は眉を吊り上げ、背後に付き従う男たちに振り向いた。神妙な面持ちで成り行きを見守っていた男たちを見やり、声高に宣言する。

「いいわ！　お前たちの中から夫を見つけてやろうじゃないの。私を上手に誘惑してみせなさい！　一番上手にできた男を、私のものにして愛してあげるわ！」

胸を押さえて言い放つと、男たちはにわかに沸き立った。すさまじい大歓声が上がり、思わず飛び上がる。

「おいおい……お前らちょっと落ち着けよ。本気か？」

異様な盛り上がりに警戒心を見せる風刃を、男たちはぎろりと睨んだ。

「むろん本気に決まっている！　文句があるというのか？」

「俺はどうでもいいけどな、陛下が許してくれねえだろ」

「上手く逃げたな！　我らはみな分かっているのだぞ。風刃、お前は……」

先頭の男がそう言いかけたところで、風刃がばちーんと男の頬を引っぱたいた。

「悪い、蚊だ」

風刃はひらひらと手を振る。

「おしゃべりは蚊に食われるぞ」

じろりと一同を睨みつけ、最後に火琳を怖い目で見やり、彼はふんと鼻を鳴らして立ち去った。


「炎玲、もう解蠱薬は作ってくれなくていいから」

政務を終えて後宮に戻った火琳は、弟の部屋に入ると据わった目で言った。

「どうしたのさ、火琳」

「この世には数えきれないほど男がいるってよく分かったの。一人にこだわる必要なんて全然なかったのよ」

火琳が自分を慕う男たちの中から側室を決めると宣言した話は、たちまち王宮の端から端まで駆け巡った。その結果……『火琳様をお慕いする会』は会員が倍に増えたのだという。そしてその全員が、火琳の側室になることを望んでいるのだ。

「いっそ、全員を側室にしたらいいんじゃないかしら」

火琳は歩きながら言い、床に座り込んでいる炎玲の隣に腰を下ろした。肩に頭を乗せると、炎玲はこちらに体重をかけて火琳に頭をくっつけた。

「本気で言ってるの？」

「本気よ。私を好きだと慕ってくれる人たちを、健気(けなげ)で可愛いって思ったの。それなのに一人だけ選んで他の全員を振るなんて、不公平でしょ。好きな人に冷たくされるのは……悲しいもの」

嫌なことを思い出して、思わず炎玲の腕をぎゅっとつかんでしまう。

「だけど火琳……全員選ぶってことは、誰も好きじゃないってことでしょう？　みんなは火琳を本気で好きなんだから、逆に傷つけることになっちゃうよ」

「傷つけたりしないわ。全員満足させればいいんでしょ？」

「……すごいこと言うなあ」

炎玲は呆れたように呟いて、こつんこつんと頭をぶつけてくる。

「私はこの国を丸ごと愛する女王になるの。男くらい何百人でも愛してみせるわ」

「……そうだね、火琳ならできるかもしれないね」

苦笑する炎玲の腕に、火琳は強く縋る。くっつく二人の周りを、闇色の蝶が二匹舞った。母の玲琳が十年前二人に与えた蠱だ。眺めているうち、ふと不安になる。

「そうよ、私は何でもできるの。だけど……ねえ、この蝶をもらった時のこと覚えてる？　あなた、あの日ちょっと暗い顔してたじゃない？　前の日に、私と喧嘩したからよね？　私が、炎玲だけ蠱師になれるのはずるいって泣いたからよね？」

「……さあ、そんな昔のこと忘れちゃったよ」

「嘘、覚えてるくせに。私は何でも知ってるし、何でもできるの。だけど……それは蠱師のあなたが、私を支えてくれてるからなのよ。だからあなたはずっと蠱師でいて……それで私の傍にいなくちゃいけないのよ。他の誰がいなくなっても」

「あはは、大丈夫だよ。そんな不安にならなくても、みんな本当に火琳のことが好きだよ。もちろん僕もね」

炎玲は火琳の手をぽんぽんと叩いて笑った。火琳は恥ずかしくなって立ち上がる。

「不安になんかなってない。もう寝る！」

そう言って、自分の部屋へと戻っていった。

部屋に戻り、着替えを終えて、女官たちを退室させ、寝台に潜り込む。

真っ暗にするのは好きじゃないから、薄い明かりを灯したままだ。

たちまち眠くなり、うつらうつら夢の世界へ旅立とうとしていると……部屋の中で、物音がした。しかし眠気に囚われている火琳は目を開けることもしなかった。

足音がする……寝台がきしむ音が……何かがのしかかるような気配が……そして頬に触れられ——そこで火琳は飛び起きた。

見知った衛士が、火琳の上に跨っている。愕然とし抵抗しようとするが、男の重みで身動きができない。衛士は件の会に入っている若者だった。今日一日火琳の後をぞろぞろついて回っていた彼らの、一番後ろにひっそりと付き従っていたはずだ。

衛士はその手に短剣を握っていた。思いつめた目で、火琳を見下ろしている。

「どきなさい」

火琳はばくばくと激しく鳴る胸の鼓動をなだめながら、平静を装って命じた。

狂気に支配された衛士の瞳にはわずかな知性の光が残っていて、言葉が正しく通じると感じた。

「私を殺したいの？」

問いただすと、衛士は火琳の首筋に短剣を突き付けた。

「とんでもない……そんなことはしません」

「じゃあ……」

「髪を……」

「え？」

「あなた様の髪がほしいのです」

　衛士は震える手で、寝台に広がる火琳の髪を撫でた。

「……お慕いしています……火琳様……」

「ありがとう。お前たちのこと、とても大切に想ってるわ」

「ああ……なんという……」

　彼は感極まって涙を流した。

「王女として生まれながら、その地位に甘んじることなく努力を重ねてきたあなたのその美しさを、私たちは心から愛おしく想っているのです」

　その言葉に、火琳の胸は揺さぶられた。

「そんなあなたに私などが選ばれるとは思っていません。そんな資格はない。ですからせめて……その髪を……」

「どうして私がお前を選ばないって思ったの？」

　火琳は心底そのことを不思議に思った。真剣な顔で尋ねると、衛士はやや狼狽えた様子を見せた。

「それは……私など……誰にも相手にされない、つまらない人間で……何の価値もない……そんな人間など……」

その時、薄暗い部屋の中をかすかな光の粒子が舞った。そのわずかな輝きに気づいた火琳は、はっと辺りを見る。闇色の蝶が……傍らをひらりひらりと飛んでいる。

「いけない……」

母にもらったあの蝶は、火琳を守るための蟲だ。危険があればすぐ母に伝わる。

火琳が呟いたその時、部屋の戸が勢いよく開かれた。

飛び込んできたのは偶然玲琳に侍(はべ)っていたのであろう風刃だった。彼は寝台で火琳を押さえつけて短剣を向けている衛士を認識するなり、表情が――消えた。

一足飛びに駆けてくると、風刃は衛士の襟首をつかんで床に引き倒し、剣を抜いてその切っ先を衛士の腹に突き刺そうとした。

「ダメ！」

火琳は思わず叫びながら風刃の腕に飛びついた。

「火琳様、危ないですから離れて」

風刃は冷静に言い、火琳を押しのけて再び剣を振りかぶる。

「ダメだったら！」

火琳は衛士を庇うように覆いかぶさった。

「火琳様！　そいつから離れて！」

風刃の声に焦りの色が乗った。床に倒れてなお、衛士の手には短剣が握られている。

火琳はぐっと唇を噛みしめ、衛士の手から短剣を奪った。そしてその短剣を握りしめると、自分の髪を一房切る。

唖然とする衛士に、火琳は髪の束を差し出した。

「お前のこと覚えてるわ。三年前、私が石段から落ちそうになったのを支えてくれたわよね？　お前がいなかったら私は怪我をしてたわ。運が悪ければ頭を打って死んでたかも。お前は私を……この国を……救ったと誇っていいのよ。つまらない人間なんかじゃない。お前の存在には価値がある。その証と礼に、これをあげる」

真剣な顔で差し出された髪の束を、衛士は呆然と見つめ……その場で泣き崩れた。

彼は他の衛士に拘束されて、火琳の部屋から連れ出された。

残されたのは火琳と風刃の二人だけ。そして彼は何故か酷く苛立っていた。

「……あなたはあいつに情けをかけるべきじゃなかった」

険のある声で言う。

寝台の端に腰かけた火琳は、少し離れて腕組みしている風刃を見上げる。

「彼は蠱毒でおかしくなってしまっただけよ」

「それでもだ！　あなたはあいつに同情するべきじゃなかった！　あいつはあなたを殺してたかもしれない！」

急に怒鳴られ、びくりとする。こんな風に怒鳴られたのは初めてだった。そして同時に腹が立ってきた。

「……同情じゃないわ。私は……私ががんばって築いてきたものを褒めてくれる人がいて……嬉しかったのよ」

すると風刃の表情は奇妙に崩れた。

「じゃあ何か？　あいつを側室にするって？」

「……希望者全員側室にしてもいいんじゃないかしらって……思ってるわ」

「はっ！　馬鹿じゃないのか！」

引きつった顔で笑いながら、ぐしゃぐしゃと腹立たしげに頭を掻きまわす。

「そういう冗談は冗談でもやめてくれ」

「……冗談なんかじゃないわ。好きだって言われて本当に嬉しかったの。だったらその気持ちに応えたいって思ったのよ。だって……だって……お前はもう、私をだっこしてくれないじゃない」

零れ落ちる言葉をせき止めたくて、火琳は唇を噛みしめた。

しかしその言葉は消え入ることなく風刃の耳に届き、彼は荒いため息を吐きながらその場にしゃがみこんだ。

「ほんとに……くそっ……馬鹿じゃないのか……」

何度もため息を吐き、苛立ち、唸り、その末に彼はしゃがんだまま顔を上げた。

「俺は、あなたが思ってるような男じゃないんですよ」

「……どういうこと？」

「俺がどれだけ汚い人間なのか、あなたは知らないんです」

汚い……その言葉に火琳は小首をかしげる。

「厠に行っても手を洗わないとか、賭け札の時はいつもずるしてるのは知ってるわ」

「いや……そういうことじゃないんですよ。つーか……それはほっといてください」

「じゃあどういうこと？」

真っすぐ問いかける火琳を、風刃は眩しそうに見やる。

「俺が……ガキの頃からずっと汚い生き方をしてきたってことです。あなたには想像もつかないような汚れ方をしてる。俺は……あなたにそんな男を近づけたくない」

「……分からない。お前のこと、汚れてるって思ったことないわ」

それはきっと火琳だけじゃなく、他の誰に聞いても同じはずだ。誰かが彼を嫌悪したり侮蔑したりするところを見たことがない。風刃は貧しい裏街育ちから這い上がってきた男だが、その人懐っこい性格でたいがい人に愛される。人当たりがよく、器用で、何でも上手にこなす。汚い……なんて言葉は、およそ彼に似つかわしくない。

「それはあなたが俺を知らないからだ」

「……分かったわ。そうね、私……お前を知らないのかも。だから、お前が自分を汚いって言う、その言葉を信じるわ。お前は汚いのね」

火琳は懸命に思考を巡らせ、そのことを信じた。しかし易々と信じられた風刃は、信じられたことが信じられないというように渋い顔をしている。

「本当よ、信じたわ。逆に聞くけれど……お前は私が誰の娘か分かってる？」

「は？　そんなの、決まって……」

「そうよ、私は蠱毒の里の長・李玲琳の娘だわ。この世で最も穢れた毒を生み出す女から生まれた娘よ」

火琳はそこで寝台から立ち上がった。風刃はつられて立ち上がる。

「お母様から生まれた私は汚い？」

「……まさか。汚いわけがない」

「そうでしょ？　私、どこも汚くなんかないわ」

ぐっと足を踏み出すと、風刃は一歩下がる。

「もう一つ聞くわよ。お前という人間は、この世の穢れを集めた最恐最悪の蠱師より汚いっていうの？」

その問いに、風刃は答えなかった。答えられなかったのかもしれない。

自分があまり優しくないことを言っているという自覚が火琳にはあった。

彼は自分を汚いと言っていて、そこにはきっと何かそう思わざるを得ない出来事があったはずで……それなのに自分は、それを否定するようなことをしている。蠱師より穢れたものはこの世に存在しない。その圧倒的事実を盾に、自分は彼の言葉を抹殺しようとしている。それでも、最後まで言わずにいられなかった。

「お前よりお母様の方がずっと汚れてる。そのお母様でも私を汚すことはできなかったのよ。お母様に与えられた蠱師の穢れは、全部炎玲が持って行った。私はそれをもらえなかった。お母様にだってできなかった！　この世で最も穢れた人から、私は綺麗なまま生まれたわ。私を汚せる人間なんて、この世に存在しないのよ！」

思わず叫ぶと、込み上げてくるものがあって必死にこらえる。

もしも自分がもっと汚れて生まれていたら……蠱師の血をほんの少しでも受け継いでいたら……この人は今でもだっこしてくれていたのだろうか？　自分がただの人間に生まれたから……この人は遠ざけようとするのだろうか？

悔しい……そんなこと考えてしまうのが悔しい……

「お前は無礼だわ……私の存在を……今まで必死に積み上げてきたものを……全部否定しようとしてる……」

嫌だ……泣きそうになってしまう……

火琳が拳を震わせて俯(うつむ)いていると、

「本当だ……」

風刃がぽつりと零した。顔を上げると、彼は目から鱗(うろこ)が落ちたと言わんばかりに呆(ほう)けていた。

「確かにそうだ。あの玲琳様でも汚すことができなかったあなたを、俺ごときがどうして汚せるっていうんだ……」

「今更分かったの？」

「今更分かりましたよ」

「……じゃあ、もう汚すとか汚さないとか気にしない？　昔みたいにだっこしてくれる？」

火琳は風刃の体から力が抜けたのを見てかすかに安堵(あんど)し、何気なさを装ってひらっと手を伸ばした。が――

「え、嫌です」

考える間も挟まず彼は答える。

「なんでよ！」

火琳はばたーんと寝台に倒れこんだ。

「いや……あなたはたぶん俺を誤解してると思うんですけどね……俺ははたから見えるより欲が深くて、その分自制心は強いんですよ。だからあなたにはもう、二度と触れたくないんですよ」

「……なによそれ、意味分かんない」

火琳は突っ伏したまま ちらと顔を上げる。

「つまりお前は……私が嫌いなの？」

恨めしげに聞くと、風刃は今まで見たこともないような酷いしかめっ面になった。

「それは……ずるいだろ」

「嫌いなの？」

「……大事ですよ」

「嫌いなの？」

「………嫌いなわけがない」

「え！　本当に!?　私のこと嫌いじゃない？」

火琳はたちまち寝台から飛び起きた。

「嫌いじゃないです」

風刃は渋面のまま繰り返す。火琳は上気する頬を思わず押さえた。

「ふーん……嫌いじゃないの」

いけない……にやけてしまう……

「嫌いじゃないけど、だっこはしませんよ」

「ふん、何よ。どうせ私が幼すぎて触りたくないってことなんでしょ。いいわよ。お母様だって、十五で嫁いだ時にはお父様に幼すぎるって言われたんですって。だからそんなの、全然平気」

そう言って、火琳は寝台から下りるといきなり風刃に体当たりした。

「お前がだっこしてくれないなら、私がやるわ。嫌いじゃないなら怒らないでね。これだって、お母様がお父様にうんと昔やったことなんだから」

と、腕を回して抱きつくと——

「やめろ阿呆（あほう）！」

風刃は乱暴に火琳を引っぺがし、寝台に向かって放り投げた。

「そういうのは、金輪際しないように。温厚な俺もさすがに怒りますよ」

怒った顔でそう言うと、風刃はどかどかと足音荒く部屋から出て行ってしまった。

「やばい……くそ……」

風刃はよろめきながら廊下を歩き、誰もいない場所でしゃがみこんだ。

喉の奥に指を入れて吐こうとするが、丸一日まともに飲み食いしていないので何も出てこない。零れたのは無様にえずく声だけだ。

これはまずい……本当にまずい……このままだと……

くらくらと眩暈(めまい)がしたその時、背後から近づいてくる足音が聞こえた。

「風刃、大丈夫かい？」

その声は救い主のような神々しさで響き、風刃は顔を上げる。炎玲が心配そうに覗き込んでいた。

「僕の部屋においで。大丈夫だから」

炎玲は優しく風刃を立たせると、自分の部屋に引っ張ってゆく。

「……いや、ちょっと食あたりで気持ち悪くなっただけなんですけどね」

引きずられながら風刃は適当に誤魔化そうとしたが、炎玲は微笑でそれをいなした。

性格は少しも似ていないと思うのに、こういう時、この少年は間違いなく李玲琳の息子なのだと思うことがある。

自分の部屋に風刃を引っ張り込むと、炎玲は棚から小さな壺を持ってきた。

「気づくのが遅れてごめん。解蠱薬は一人分しか作ってなかったから、全員分ができてからいっせいにって思ってたけど……お前にだけは飲ませてあげるべきだったね」

「……何のことだか」

風刃は往生際悪くあがいたが、この少年の瞳にはこれ以上抗(あらが)えないと本能的に感じていた。

「風刃、僕の毒が効いているよね？」

「……」

「吐いたって意味ないよ。ちゃんと解蠱しないと」

「……」

答えずにいる風刃を、炎玲はまじまじと眺めまわす。

「僕はね、本当に驚いちゃったんだ。だって、あの毒はお前に必ず効くはずだって思ってたんだもの。僕はお前が火琳をどう思ってるかよく知ってる。だから、全然効かなかったことに驚いたんだ。お前は……とんでもないね。毒の効果を、理性で抑えつけていたの？」

「…………ああくそ……最悪だ。頼むからさっさと解蠱薬をくださいよ。俺が火琳様におかしなことをしでかす前に」

風刃はとうとう音(ね)を上げてへたり込んだ。

「温めるからちょっと待ってて」

炎玲は壺の中身を鍋に移して、大きな蜥蜴の背中にその鍋をのせた。

「いつからだっけ、風刃が火琳に触らなくなったの。一昨年の……春くらいだっけ」

何気なく言われ、風刃はぎくりとする。それをこの少年に認識されていたという事実が、奇妙な罪悪感のようにのしかかってきた。

「火琳はあれで鈍かったり鋭かったりするから、お前に嫌われたんだとか自分に原因があるんだとか色々言ってたけど……そうじゃないよね。お前は火琳を……」

「それ以上……言わないでもらえますかね」

風刃は膝を抱えてため息を吐いた。

あのわがままなお姫様は、いつも風刃にだけだっこしてと言う。

七つを過ぎた頃にはもう、火琳は人にだっこをせがむようなことはなくなっていたのだが、何故か風刃にだけはそれを命じてくるのだ。火琳には専属の護衛がいたが、その男にもそんなことは求めなかった。

火琳が自分を特別気に入っていることは知っていた。生意気なお姫様に懐かれるのは優越感を刺激して、悪い気はしなかった。

だから何年も何年も、風刃は火琳の求めるまま彼女に触れ続けた。

そして一昨年の春――疲れたから部屋まで運んでと彼女は言った。風刃はいつも通り彼女を抱き上げようとして、不意に、気づいてしまった。

これ以上彼女に触れたら……引き返せなくなる……そのことに突如気づいた。

その時の感覚を言葉にするのは難しい。

風刃は相手の容姿や性格を気にせず、割と博愛的に女の子が好きで、しかし自分が本気で人を好きになることはないだろうと諦めの気持ちをもって三十を超えた。

最低な父のもとに生まれて、自分は酷く汚されたと感じていた。こんな自分が本気で誰かを好きになれるとしたら、それは国中の男を跪かせるこの世で一番美しい女しかいないだろうと思っていた。

それなのに……目の前にいるのは稚い十三歳の少女だ。そんな少女に対して、自分が抱いたこの感情は……

その悍ましさにぞっとした。だから、触れることをやめたのだ。

「結局お前はずっと前から火琳に惚れてるってことなんだろう？」

いきなり無神経な声が響き、顔を上げるといつの間にか青徳がいた。沸騰し始めた鍋の中を見ている。

「黙れよ殺すぞ」

反射的に風刃は唸る。

「火琳もお前に惚れてるんだから問題ないだろ」

「黙りやがれっつってんだよ。恐ろしいことを言うな」

今の言葉に、腹の奥で揺らめく炎が燃え上がった。今すぐ隣の部屋に駆け込んで、あの未熟な身体に触れたいという飢餓感のような欲望が湧きあがる。

くそ……自分の首を斬ってしまうか……思わず剣に手をかける。

「お前被害者ぶってるけど、自業自得だろ。火琳に諦めさせたいなら手酷く振れよ。あなたのことなんか好きじゃないとはっきり言えよ。中途半端に素っ気なくして、中途半端に甘やかすから、火琳も諦められないいんだ。何なんだよお前は」

「しょうがないだろ！　可愛いんだから！」

風刃は喚きながら床を叩いた。

「素っ気なくするとすぐふくれるし、声かけたら嬉しそうな顔するし、褒めたら得意げな顔するし、他の女としゃべってたらヤキモチ焼くし、何でか知らんが俺にだけだっこしてほしがるし！　可愛すぎる彼女が悪い！　好きじゃないなんて死んでも言えるか！」

「お、おう……」

勢いに怯んだか、青徳は後ずさった。

そこで鍋の中身が温まったらしく、炎玲は煮えたぎる液体を湯飲みに注いだ。

「はいどうぞ。頑張って冷める前に飲んで」

渡された湯飲みの中身を、風刃は一息に飲み干す。

「あっちい……」

完全に火傷して、べろを外気に晒すと、不思議と腹の中に氷が落ちてゆくような冷たさを感じ、身震いする。その冷たさは次第に広がり、指先まで行き渡ると全身を支配していた激情をひんやりと鎮めていた。

風刃はようやく肩の力を抜いてぐったりと俯いた。

「ねえ風刃、僕はお前が大好きだよ。お前の気持ちをうんと大切にしたいんだ。だからね、お前が火琳を好きだっていう……その気持ちを殺してしまわないでほしいな」

炎玲が目の前に座り込み、真摯に訴えてくる。

「……俺も炎玲様のことが大好きですよ」

風刃は渋面で返した。目の前の主に捧げるその言葉には何の後ろめたさもない。百万回でも捧げたい。けれど……もう一つの言葉を口にするのはあまりに罪深く、風刃は主の純真な瞳から目を逸らした。

「……炎玲様……俺はねえ、正直に言うと、人より欲が深い方なんですよ」

「ふん？　そうなの？」

「そうなんです。だから、火琳様を自分のものにしちまったら、他の誰にも渡したくなくなる。いずれ迎える正室を、俺は殺してしまうと思いますよ。だから、最初から手を触れない方がいいんです」

「分かったわ！ それならお前を正室にする！ 側室なんて一人もいらないわ！」

唐突に部屋の扉が開いて甲高い声が響き、風刃は座ったまま飛び上がった。恐る恐る振り返ると、真っ赤な顔でこちらを睨んでいる火琳の姿があった。

風刃はそれを認め、真っ青になり……

「うぎゃあああああ！」

叫んだ。

「うんと大事にするから、一生大切にするから……私のことだっこして」

そう言うと、火琳は体当たりするように抱きついてくる。

「いや！ 今のは……」

「じゃあ僕がお父様とお母様にお願いしてあげるよ」

炎玲が風刃の言葉を遮って言った。

「ありがとう、炎玲」

「話を……勝手に進めるな！ このクソガキども！」

怒鳴る風刃の声など、もはや誰も聞いてはいなかった。

第二書　春ノ恋文・下旬

麗しき女帝陛下に、愚かな下僕が恥ずかしながら厄介な話をお伝え申し上げます。

この春、愛らしい炎玲王子もご立派に成長なさって十五歳を迎えられました。

以前にもお伝えした通り、炎玲様と許嫁(いいなずけ)の仲はたいそう良好なご様子です。


毒草園の中で、少年が座り込んでいた。草の間で胡坐(あぐら)をかき、春の薫風(くんぷう)を頬に受けながら目の前の低木を眺めている。

少年の名は楊炎玲。魁国の王子であり、蠱毒の民の血と才を受け継ぐ蠱師である。

蠱師の力は男にほとんど発現しないが、炎玲は珍しい男の蠱師だった。

低木を眺めていた炎玲は、そこでふと顔を上げた。手を伸ばせばふんわりと触れそうな白い雲に目を凝らし、ふっと笑み崩れる。

雲の中に小さな黒い影が見えて、それは次第に近づき大きくはっきりと姿を現した。

空を駆けてやってきたのは、巨大な一頭の黒い犬。どう見ても普通の犬とは思えないそれは、蠱術で生み出された蠱――名を犬神の黒という。

犬神が毒草園の中にふわり降り立つと、その背には一人の娘が跨っていた。

「お待たせ、炎玲」

娘は言いながら、とんと地面に着地する。

「久しぶり、螢花」

螢花と呼ばれた娘は二十歳頃で、炎玲と並ぶと姉弟のように見えるが、二人はれっきとした許嫁だった。とはいえ、半ば炎玲が強引に結んだ婚約ではあったが。

炎玲は立ち上がって螢花を上から下まで眺める。

「体調はどう？」

「まあ悪くはないかな」

螢花は肩をすくめて答える。

「そう、里はどんな感じ？」

「立て続けに大きめの仕事して、ちょっと潤ってるわよ」

「へえ、螢花もやったの？」

「造蠱はね」

「どういうの？」

「煙蜥蜴のヤツ」

「ああ、あれかあ」

「うん、たくさん作ったから鉛と麦がなくなっちゃって、買い出ししてくるように頼まれてるのよね」

「じゃあ、後でいっしょに行こうか」

「そうね」

「あとさ、先月の話覚えてる？」

「……何だっけ？」

「武術をさ、教えてほしいって言ったでしょう？」

「ああ……あれ、本気だったの？」

「本気だよ」

「何で私？　私じゃなくても、お前の周りには強いヤツいっぱいいるじゃない」

「でも、螢花に教えてもらえば、その間も一緒にいられるよ」

真っすぐに言われ、螢花は何とも言えない顔になった。照れているような……怒っているような……

「そもそも、蠱師に武術なんていらないでしょ。あれは蠱術を使えないヤツの役割で、優れた蠱師には必要ないわよ」

「確かにそうなんだけど……先月里に行った時、山で毒草採りをしたでしょう？　あの時、僕はすぐに疲れてあんまりたくさん採れなかった。だから体を鍛えれば、もっと山で自由に動けて、毒草もたくさん採れて楽しめるかなと思ったんだよ」

「ふーん……まあ、体を鍛えて悪いってことはないでしょうけど」

「じゃあ教えてくれる？　僕はきみみたいに強くないから、手加減してね」

その言葉を聞き、螢花は不思議そうに首を傾げた。

「男より力の強い女なんて嫌だ……とかないの？」

「え？　全然ないよ」

「男は種と盾の役割しかできない生き物なんだから、せめて肉体の強さだけは身につけろって、里ではみんなしごかれてるけど？」

螢花は無自覚な純真さで侮蔑的なことを口にした。炎玲は思わず笑ってしまう。

「あはは、男と女は絶望的なほどに違う生き物だもんね。だけど僕は、そこから逸脱するのを別に怖いと思わないから」

「……お前は可愛い顔して案外奇矯なヤツね」

「そう？　割と普通に常識的だよ。あなたがあなたであれば男でも女でも犬でも蟲でもかまわない……なんて常軌を逸したことは言わないもの」

「何それ。そんな馬鹿げたこと言う気持ち悪いヤツ、いるわけないじゃない」

つまらない冗談と思ったか、螢花は呆れたように首を振った。

「そうだよねえ……そんなこと言う人、いるわけないよねえ」

炎玲は可笑しそうにくすくす笑い、柔らかく目を細めた。

「それに比べれば僕は常識的でしょう？　嘘だって吐かないしね。螢花は強くてカッコよくて、僕は本当に尊敬してるんだ。本当だよ」

炎玲は微笑のまま、螢花の顔に手を伸ばした。

「ん……何？」

「まつげがついてるよ」

炎玲は螢花の目の下に触れる。

「取れた？」

「まだ」

と、頬に淡く指を這わせる。

「まだ取れないの？」

「まだだよ」

そこでくすくす笑った炎玲を見て、螢花はようやく察した。

「……変な悪戯しないでよ」

怒った顔を作って後ずさる。

「悪戯なんかしてないよ」

「嘘吐き」

「嘘なんか吐かないってば」

笑いながら言い、手を下ろす。

「だけど、螢花が嫌ならもうしないよ。僕は螢花の嫌がることは絶対にしない」

真っすぐに言われた螢花は困った顔になる。

「別に……嫌だとは言ってないじゃない」

「無理しなくていいんだよ。我慢させたいなんて思ってないもの」

炎玲はどこまでも真摯に語る。

「無理なんか……！」

声を荒らげかけた螢花は、そこではっと気づいたように言葉を止め、炎玲の顔を凝視した。彼女の顔は次第に険しくなり、唸るように声を低めた。

「お前なあ……私に何を言わせようとしてるんだよ」

「別になんにも言わせようなんてしてないよ」

「嘘。お前に触られるの好きとか、気持ちいいとか、もっと触ってとか、言わせようとしてただろ」

じっとりと睨まれた炎玲はきょとんと目を丸くして、相好を崩した。

「そんなこと思ってたの？」

「うっ……お、思ってないよ」

螢花は怒りとも羞恥とも見える表情で顔を真っ赤に染める。

炎玲はにこにこ笑いながら螢花の顔を覗き込んだ。

「僕は螢花に触るの好きだよ。ほっぺたなんかひんやりして、すべすべして、気持ちいいもの。だから、触らないでなんて言わないでほしいな」

つぶらな瞳で訴えられた螢花は、ぎりぎりと悔しげに唇を嚙みしめた。

「お前……自分の可愛さ分かってるだろ、卑怯者。私は里のお姉さん方と違って経験値皆無なんだよ。十二歳でどこかの王子様に捕まっちゃったからな！」

「あはは、悪い王子様だなあ」

炎玲が笑い声をあげた、その時——

「炎玲様、螢花さん、少々よろしいですか？」

声をかけながら走ってきたのは、炎玲と火琳の教育係である秋茗だった。

「うん、どうしたの？」

「陛下がお二人をお呼びです」

炎玲は最後に螢花の頰を一撫でしてから、秋茗に向き直った。

「うん？　お父様が？　どうしてだろう？」

炎玲は首をかしげ、螢花と顔を見合わせてまた首をかしげ、答えを出すことを諦めてその呼び出しに応じた。

「陛下、お呼びでしょうか？」

炎玲は螢花を連れて執務室の机にいる鍠牙に声をかける。

問われた国王は、四十を超えても未だ若々しく端整な容貌を保っており、それでいて年月を重ねた威厳があった。公明正大な賢君と名高い王は、しかしその問いかけを無視した。しばし待っても答えが返ってこないので、炎玲は苦笑まじりに再び問うた。

「お父様、何かご用ですか？」

すると鍠牙は満足そうに微笑み、口を開いた。

「蠱毒の里の蠱師に依頼したいことがある」

鷹揚に告げる。

「何の依頼でしょう？　楊鍠牙陛下」

丁寧に問いかけたのは螢花だ。よそ行きの顔をしている。

「話は私が伺います。私は蠱毒の民の代表ですから」

彼女は一国の王の前に出ても全く物怖じすることなく、朗らかに微笑む。そんな螢花に、鍠牙は微笑を返す。

「依頼は一つ。この世で最も強力な毒を作ってほしい」

「使う相手は誰ですか？」

「それは言えない。ただ、これは国家の存続にかかわる重大な役目だ。蠱毒の民の中で最も優れた蠱師に依頼したい」

鍠牙は机に両腕をついて組み合わせ、炎玲と螢花を交互に見やる。

「さて……最も優れた蠱師は誰だ？」

その問いに、螢花と炎玲はちらと目を見交わし、同時に答えた。

「里長(さとおさ)です」

「お母様です」

蠱毒の里の里長……そして炎玲の母親……いずれも同じ人物、魁国の王妃李玲琳のことである。蠱毒の民の端くれであると自認する二人にとって、これは呼吸ほどに容易い答えだ。

しかし鍠牙は重々しく首を振った。

「残念だが、彼女は今仕事で部屋に籠っている。こちらの依頼を受ける余裕はないようだ。彼女の次に優れた蠱師は誰だ？」

すると今度は、螢花も炎玲もお互いを見ることなく同時に答えた。

「それは私です」

「それは僕です」

その答えを受け、鍠牙はほんの一瞬満足そうな笑みを口の端にのせた。

炎玲と螢花もお互いの答えを聞いて、表情が変わる。

「炎玲、冗談はやめてよ」

「僕は冗談なんか言わないよ」

「お前……私に勝てるつもり？」

「まあね」

「……六つも年下のお子様のくせに、言ってくれるじゃないの」

螢花の表情が更に険しくなった。

炎玲は普段、螢花に対してとても優しい。何でも褒めるし、螢花のことを優先して物事を進める。炎玲は螢花を、いつも大切にしている。

だが、この時だけは違っていた。自分の方が上だという主張を少しも譲ろうとしなかった。

「困ったな……お前たちのうち、どっちに依頼すればいい？」

鍠牙はふふっと笑いながら問いかける。

「こういう時、里ではどうやって優劣を決めるんだ？」

「……蟲比べです」

螢花が答えた。

「里ではいつも、訓練と序列のために自分の造蠱した自慢の蟲を戦わせるんです」

「なら、これも蟲比べで決着をつけるというのはどうだ？」

「私と炎玲で蟲比べ……ですか？」

「ああ。三日間与えよう。その間に強い蟲を生み出した方が勝ちだ」

「……炎玲がそれでいいなら」

「僕も螢花がそれでいいなら」

二人はそう答え、蟲比べをすることになった。

「おかしなことになっちゃったよ」

炎玲は自分の部屋に戻ると棚から薬草を取り出し始めた。

「王様は何を考えてるんだろうな」

怪訝に首を捻っているのは、炎玲と火琳の護衛役である青徳だ。

「手伝うよ」

「ありがとう」

「だけどお前、本気で螢花と戦えるのか？　初めてだろ、蟲比べ」

「うーん、そうだね。僕はしたことないな」

「お前は甘いから、戦うのには向いてない」

「そうかも。たしかに僕は人と争うの好きじゃないよ」

炎玲は苦笑しながら、床に毒草をそろえた。

「僕は弱くて甘くて怖がりだからね。強い蟲師にはなれないんだ」

里長である母もそう思っていると思う。炎玲は強い蟲師じゃないと。

「じゃあお前……」

「だけどね、お父様は強い蟲師はどっちだとは言わなかったよ。優れた蟲師って言ったんだ。僕は強くないかもしれないけど、蟲師の才がないわけじゃない。僕には特別に蟲と繋(つな)がる力がある。お母様よりも螢花よりも……ね」

「……お前はおとなしそうに見えて、自分を低く見積もったりはしないな」

「そりゃあ、そんな意味ないことしないよ」

「やっぱり蟲師だ。そういう矜持は高いのか。お前はいつも、螢花には甘いというか……無駄にお世辞ばかり言うだろ。だから、こんな勝負をするとは思わなかった」

言われて炎玲はきょとんとする。

「お世辞？　僕は螢花にお世辞を言ったことはないよ。嘘だって吐かない。僕はお父様じゃないからさ、いつだってただ本当のことをしゃべってるだけ」

そう言ってにこりと笑った。

「……お前みたいな奴が、実は一番侮れない」

「そう？」

「お前が蟲にも人にもやたら好かれるのは分かるよ」

「あはは、青徳だって僕のこと好きだもんねえ」

はっきり言われて青徳は、はっきり頷いた。

「お前を嫌いになれる奴なんているわけがない」

「ええ？　どこかにはいるでしょう。会ったことはないけどさ」

「その調子で螢花も誑して しまえ。喧嘩したいわけじゃないだろ」

「うーん……僕はさ、裏表があって気が強い女の人が怒ってるのはわりと好きだよ。可愛いでしょう？」

「お前……やっぱり侮れない奴だ」

青徳は呆れ顔で嘆息した。

「蟲比べというものをすることになった。お前たち、準備を手伝ってやってくれ」

鍠牙は執務室に雷真と風刃と由蟻を呼んで命じた。

説明を聞いた雷真は、難しい顔になって問いを返した。

「陛下、依頼した毒はいったい誰に使うおつもりなのでしょうか？」

不吉な話題ゆえ声を潜める。広い執務室では多くの臣下が仕事をしていたが、みな離れた場所にいて近くにいるのは雷真と風刃、そして現在鍠牙の護衛役を務めている剣士の由蟻だけだった。

鍠牙は彼らの顔を順繰り見やり、ふっと笑った。

「毒が必要だというのは嘘だ」

「……どういうことでしょう？」

「それより遥かに重大な問題に対処するための方便だ」

「重大な問題……いったい何事でしょうか」

「炎玲のことだ」

その名に、専属護衛である風刃の表情が変わる。

「炎玲様に何かあったっていうんですか!?」

嚙みつくように聞き返した。

「ああ……炎玲は……近頃、許嫁との仲が極めて良好らしい」

王は、厳めしい表情で重々しく告げた。告げられた護衛たちは意味を捉え損ねたかのように固まり、しばし停止した後、三人同時に首を傾げた。

「許嫁ってのは……螢花のことですか？」

「当然だろう」

「はあ……そりゃあ……結構なことで」

風刃は肩透かしを食ったと言わんばかりに脱力する。が――

「そこで……だ、炎玲と螢花の仲を邪魔しようと思う」

王は深刻な気配のままそう続けた。護衛たちはまたしても同時に啞然とし、風刃が
恐る恐る口を開いた。

「……陛下、僭越ながら申し上げますが……………頭おかしくなりました？」

と、自分のこめかみを指さす。

「俺は何もおかしなことなど言ってないだろう？」

「いや、すげえおかしいですよ。息子と許嫁の仲を邪魔する父親って、意味分から
んっていうか、控えめに言って害虫ですよ」

「貴様！　陛下に無礼な口を利くな！」

王に忠誠を誓う雷真が横から怒鳴る。

「まあ落ち着け」

たしなめたのは鍠牙自身だった。

「炎玲は王にならない」

「そりゃあ……そうですね」

「ああ、王位を継ぐのは火琳だ。炎玲はこの国のために働くことをしないだろう。あの子は蠱師だ」

「そんなのは分かってますよ」

「そうだ、そして螢花は、蠱毒の里の娘。つまり、このままだと炎玲は王宮を出て、蠱毒の里へ婿に行ってしまうんじゃないか？」

「えっ!?　それは……考えてませんでした」

風刃はにわかに狼狽え始める。

「そう、これはゆゆしき事態だ。九年前、炎玲が彼女を許嫁にすると言った時、俺はそのうち気が変わるだろうと高をくっていた。が、しかし……九年経った今でも二人の関係は変わらず続いている。これは本当に、ゆゆしき事態だ」

「た、確かに……」

「蠱師というのはみな、頑固で凶暴で傲慢だ。競わせれば必ず仲違いするだろう」

「な、なるほど……」

「……ところで陛下」

と、雷真が口を挟んだ。

「炎玲様のお相手のことも大切ですが、火琳様のお相手も大切なことと存じます。そのことで、お話ししなければならないことが……」

「うおおおおい！　てめえは何を言おうとしてんだ!?　寝ぼけてんのか？　死にてえのか？」

風刃が雷真の言葉を遮って叫び、彼の襟首をひっ捕まえて後ろに引いた。

その様子を怪訝に見ていた王は、ふっと口角を上げて首を振った。

「ははは、馬鹿だな雷真。火琳はまだ十五だぞ。あの子はまだまだ子供だからな。きっと初恋もまだだろう」

「「えっ」」

護衛たちは同時に声を出す。

「何だ？」

「いえ……何でもありません」

雷真は真顔で答え、由蟻はにやにや笑い、風刃は素知らぬ顔で目を逸らしている。

そこへ、とたとたと愛らしい音をさせて話の渦中にあった人物が駆けてきた。

「お父様、今日もお仕事を手伝いにきたわ。あら、みんな集まって何のお話？」

甘やかな声を男たちの間に忍び込ませて、王女火琳が父に駆けよる。椅子に座る父にするりと腕を絡め、キラキラした瞳で見つめる。鍠牙はたちまち相好を崩した。

「雷真がおかしなことを言い出してな。お前に婿をなどと言うんだ。お前にはまだ早すぎるだろう？」

するとと火琳は長いまつげをしばたたき、にこっと笑った。

「もちろんよ、お父様。火琳が一番大好きな男の人はお父様だもの。他の男の人なんてお父様に比べれば石ころとおんなじ。だからずーっとお父様のおそばにいるわ」

甘える火琳を、護衛たちは恐ろしいものを見るような目で見やり、風刃などは喉の奥で悲痛に呻いた。

「まあお前に婿を考えるのは、あと十年経ってからだな。差し当たっては炎玲だ。さて、お前たち……」

と、護衛たちに目をやる。

「炎玲と螢花の蟲比べ、手伝ってやるように」

「……承知しました」

そう言って、雷真と風刃は去ってゆく。

「私は書類仕事をお手伝いするわね」

火琳は胸を押さえて得意げに微笑み、少し離れたところにある自分の席へと歩いて行った。

「お前も炎玲と螢花を手伝ってやってくれるか？」

一人残った由蛾に、鍠牙は話しかける。しかし由蛾はそれに応じず、鍠牙の机にのしっと腰かけてべえっと舌を出した。

「やだよ」

「嫌か？」

「楽しそうな話だけどさ、俺は鍠牙の護衛役だから役目に関係ないことはしない」

「そうか、なら仕方がないな」

「なあ、鍠牙。あんたは悪い奴じゃないって、俺は知ってる。あんたはすっげえ変なヤツだけど、悪党じゃない。そうだろ？　本当に二人を別れさせていいの？」

由蛾は険しい顔をぐっと鍠牙に近づけた。

「……由蛾、俺は息子が可愛いんだ。この世の全部を生贄(いけにえ)に差し出してもいいくらいに。その俺が、二人は別れさせるべきだと判断した。由蛾、お前を救ったのは俺だ。俺のやることは正しいと、お前は信じてくれるだろう？」

誠実さで塗り固めた声で鍠牙は問いかける。しかし由蛾はにやっと笑った。

「鍠牙、俺はそれほどガキじゃねえよ。もういい大人だ。あんたがどういう人間かくらい分かってる。あんたはすっげえ変なヤツで……すっげえ怖いヤツだ」

「酷いことを言うじゃないか、これほど誠実な男を捕まえて」

鍠牙は悲しげな顔を作ってみせる。誠実という言葉に心があれば、恥じ入って消えてしまいたいと思っただろう。由蟻は可笑しそうにけたけたと笑った。

「俺はいいよ、鍠牙。俺のことはいくら騙してもいくら利用してもいいよ。あんたのためなら死ぬまで馬鹿でいてやるよ。あんたはそれくらいのものを俺にくれたんだ。だから、俺はいいよ。だけど……炎玲はダメだ」

　由蟻はそこで真顔になる。

「あんたは子供たちのことになると正気を失うからさ、分かってないんだろ。あんた、炎玲が悲しむようなことをやろうとしてるぞ。俺はあんたの護衛役で、炎玲の友達だから……炎玲が悲しむことはしないんだ」

　そう断言すると、由蟻は最後得意げに笑った。飼い主に鼠を捕ってきた猫みたいな顔をしている。

　それを見て、鍠牙はわずか驚いたように目を見張る。

「そうか……お前はいい子だな。これからもあの子を頼む」

「そう思うなら、自分が間違ったことしてるのを自覚しなよ。炎玲を泣かせて後悔する前にな。後でじたばたしたって俺は助けてやらないぜ」

「はは、心配ないさ。あの子のことは俺が一番よく分かってるんだ」

　鍠牙は机の上で手を組み合わせ、得体の知れない顔で笑った。

瞬く間に時間は過ぎてゆく。

二日が経ち、蟲比べまではあと一日になっていた。

その間、蟄花は魁の王宮にとどまり、蟲比べのための造蠱を進めていた。

こんなにも無尽蔵に材料を使ったのは初めてだ。蠱毒の里に勝る場所はないと思っていたが、玲琳の毒草園にはありとあらゆる種類の毒草がそろっていたし、高価な宝石や鉱物も山のようにある。必要なものを言えばいくらでも用意してもらえる。贅沢な材料を際限なく使うことができた。

蟄花はずっと興奮しっぱなしだった。造蠱がこんなに楽しかったことはない……けれど……

「上手くいかないなあ……」

初めて使う贅沢な材料のせいで、いつも通り造蠱できない。焦って苛々し始めてしまった。すると余計に、上手くいかなくなる。

甕の中身を確かめようとしていると、借りていた客間の戸が叩かれた。

顔を覗かせたのは王宮の女官で、彼女は蟄花を確認すると、優しく笑いかけてきた。

この王宮の人たちはたいてい蟄花に親切だ。

どうして親切なのかと一度聞いたら、こんなに礼儀正しく常識的な蠱師がいるなんて知らなかったとみな口をそろえて答えた。この王宮の人たちにとって、蠱師の基準は李玲琳なのだ。故に、人前ではいつも綺麗に猫を被っている螢花は、この王宮で過分な親切を受けていた。

「螢花さん、お客様ですよ」

顔を覗かせた女官がそう教えてくれる。

誰だろうかと不思議に思っていると、案内されてきたのはよく知った男だった。

「秀兄様！　どうしたの？」

蠱毒の里で蠱師たちを守っているはずの乾坤が、少し怒った顔で客間に入ってきた。

螢花が駆け寄って胸に飛びつくと、乾坤は螢花の頰を両手で挟んだ。

「どうしたって……お前が帰ってこないから心配したんだろうが」

「あ……ごめん！　伝え忘れてた！」

必死になっていて、すっかり失念していた。すぐ戻るはずが何日もここに滞在していたのだから、乾坤が心配するのも当然だ。

「ええと、実はね……」

「聞いたよ。炎玲様と蠱比べをするんだってな」

「そう、炎玲が……生意気言うから……」

螢花はぷうっと頰を膨らませる。乾坤の前だと、ついつい子供っぽくなってしまう。

乾坤は苦笑し、螢花の頬を挟んだままうりうりと撫でた。

「よく分からないが、頑張れよ」

「私、負けないから」

「まあ、何事もなくてよかった」

本気で心配していたのだろう、乾坤は安堵するように肩の力を抜いた。

「ごめんなさい、兄様」

謝りながらぽくぽくと乾坤の胸を叩く。

「いいよ、無事ならいい」

その瞳が一瞬陰(かげ)るのを感じ、彼が何を思い出したのか察してしまう。

ずっと昔……彼のもとから急にいなくなった人がいた。何年も死んだと思われていたのだ。乾坤はきっと、その時のことを思い出したに違いない。

急に罪悪感が湧いてきた。こんなところで呑気(のんき)に蟲比べなんかしている場合じゃなかった。さっさと里に帰ればよかった。炎玲が強がりたいなら、強がらせてあげたってよかったのに……

そんなことを考えていると、乾坤の手が急に螢花の頬から離れた。

「兄様？」

乾坤はくるりと振り向き、静かに歩いて客間の戸を開けはなった。

「うわ！　やだ、ごめんなさい！」

叫んだのは王妃付きの女官にして、蠱毒の里の暗殺者、葉歌だった。

「葉姉様……」

「あ、どうも……」

葉歌は気まずそうに視線を逸らした。

「久しぶりだな、葉」

「あ、はい。お久しぶりです、乾坤。私がいるって、よく気が付きましたね」

言われて乾坤は小さくため息を吐いた。

「気づくに決まってるだろ。ここで何してたんだ？」

「いえ、特に何かしていたわけでは……」

もごもごと言葉は喉の奥に消える。見ると、手には食事ののった盆を持っている。

「……私のなの？」

「あ、はい」

「ありがとう、姉様」

「あ、はい」

葉歌はそろりそろりと部屋に入ってくると、卓の上に盆を置いた。そしてその場で所在なく停止し、もじもじと手を動かしている。

「あのですね……今日はたくさん作りすぎたとかで、料理長がいっぱいごちそうを盛り付けてくれたんですよね。ほら、一人じゃ食べきれないくらい。だから……ね、ほら、せっかくですから……」

恥ずかしそうに紡(つむ)がれる言葉を聞き、螢花はぴくりと眉を跳ね上げて、傍らの兄を見上げた。

「じゃあ、兄様の分もあるわね。ねえ、兄様。兄様もご飯食べましょ。ありがとう、姉様。それじゃあまたね」

「え！　そんな！　いや、ほら……さ、三人分くらいありそうじゃないですか？」

そっけなく拒まれた葉歌は、泣きそうな顔になっている。

「いいから二人とも座れ」

乾坤はやれやれというように小さく嘆息し、螢花の肩を押して椅子に座らせた。

追い出されてなるものかと思ったのか、葉歌もすごい勢いで卓に着く。

しかし三人で円卓を囲んだ途端、室内は汚泥(おでい)のような沈黙に浸された。重苦しい沈黙の隙間から、葉歌が強張(こわば)った笑顔を向けてくる。

「えーと……螢花、造蟲は順調ですか？　炎玲様と蟲比べをするんでしょう？　王様も、何考えてるんだかねえ？　あなたはどんな蟲を生み出すつもりなんです？」

「言っても、姉様には分からないでしょ」

螢花がすげなく突っぱねると、葉歌はうぐっと黙った。

またしても気まずすぎる沈黙……この人と会うと、いつもこうなる。

その気まずさに耐えかねたらしく、葉歌はまた口を開く。

「た、体調などは……良さそうですね？　お妃様も一生懸命あなたたちの体を良くしようとしてますから。あんまり心配しないでくださいね！」

なんだか必死に会話を続けようとしている。その姿を見ているうち、どんどん意地悪な気持ちになってきた。もういい大人になったというのに、どこかで置き去りにしてきた幼稚な自分が胸の中で騒ぎ出す。

「葉姉様って、まだ結婚しないの？」

「え!?　いや、それは……ほら、ねえ？　色々あるじゃないですか」

しどろもどろになる葉歌を見ていると、嗜虐的な喜びがひんやりと腹を満たした。

「葉姉様、素敵な殿方を見つけて結婚するのが夢なんでしょう？　だけど、いい話が何もないままもう三十代も終わりよね？」

「うう……グサッと来ること言わないでくださいよ」

「まあ、姉様にモテる要素はなさそうだし」

「おい、螢花」

「そ、そんなの分かってますってば！」

「強さ以外にいいとこないし。ほぼ猛獣?」

「螢花、もうやめとけ」

「な! 猛獣って……私これでも斎の後宮に勤めてた上品な淑女って言われることもたまにはないこともないんですからね!」

「どうせ一回言われたことがあるくらいなんでしょ」

「うぐうっ!!」

「変な見栄張ったところで姉様がいい女になれるわけでもないのに」

「螢花、いいかげんに……」

「み、見栄くらい張らせてくださいよ!」

自分の言葉にいちいち動揺する彼女を見ていると、螢花の胸の中でますます攻撃的な気持ちが膨れ上がった。

「でも……このままの方がいいのかもね」

螢花がにこっと笑ってみせると、葉歌はいささか戸惑った表情を見せる。

「……え? このままって……」

「姉様が結婚して、万が一にも子供ができたりしたら大変だわ。だって姉様は、子供を産んでも愛したりはしないでしょう? 捨てていくでしょう? 生まれた子供が不幸になるわ」

苛々していた……造蠱が上手くいかなくて……苛々していた……炎玲と喧嘩したみたいで……だから……

その途端、葉歌の表情が変わった。突然真顔になり、真正面から見据えてくる。

「……私に何を言わせたいんです？」

その声の硬さに、蛍花はひやりとした。怒らせた……と、思った。

葉歌は別段声を荒らげるでも眉を吊り上げるでもなく、淡々と問いを重ねてくる。

「子供はもう産んだからいらないとでも言えば満足ですか？」

「そ、そんなこと……」

「言わせたいのなら、命じられれば言いますよ。私は森羅(しんら)で、蠱師に従う生き物ですからね。どうぞ命じてください。私はどんな命令でも聞きますよ。子を産めと言われれば産みますし、闘いに行けと言われれば子は捨てますし……。命じられれば何でもしますよ。欲しい言葉があるのなら、いくらでも命じてください」

「葉、やめろ」

乾坤が横から手を伸ばし、葉歌の口を手で覆った。葉歌ははっとして、みるみるうちに顔が赤くなった。おそらくは、屈辱や羞恥を映している。

「蛍花、お前もだ。不満は全部、俺に言え」

「不満……とかじゃ……」

「すみません……私ちょっと、どうかしてました」

額を押さえて葉歌が席から立ち上がった。そんな風に謝られたことは、螢花の心を余計意固地にさせた。

螢花はぐっと唇を嚙みしめて立ち上がり、座っている乾坤に横から抱きついた。

「何だ？　どうした？　甘えてるのか？　もう大人だろう？」

乾坤は困ったように螢花の背を撫でた。

そう、自分はもうとっくに大人だ。だけど……心のどこかにうんと小さい自分がいて、何かを喚いている。

「兄様、私のこと好き？」

「螢花？　どうしたんだ？」

「好き？」

「……好きだよ。当たり前だ」

「じゃあ、私と姉様、どっちの味方なの!?」

違う……本当はそんなことを言いたいんじゃない……

螢花が葉歌と再会して九年が経っている。その間、螢花はこの王宮に通い続けているから、葉歌とは何度も顔を合わせている。なのに……今まで一度も、彼女から愛していると言われたことがない。どうしてだろう……それだけで、自分がこの世の誰からも愛されていないような気がしてしまう。

だからせめて、自分を確かに好きであろう人からは大事だと……お前の味方だと言われたい……

「変なこと聞くな」

乾坤は困ったように言った。たちまち、頭の中がカッと燃えた。

螢花は乾坤を突き飛ばし、椅子ごと床に倒した。

「くっ……螢花！」

叫ぶ乾坤にのしかかろうとしたところで、横から腕をつかまれた。葉歌が真剣な顔でこちらを睨んでいる。何もかも……全部苛々する……

螢花は葉歌の腕をつかみ返して捻り、腹を思い切り蹴飛ばした。

葉歌は身を捩ってその衝撃を受け流しながら、すっ飛んで卓の上に着地した。そこにのっていた食事が激しい音を立ててぐちゃぐちゃになる。

「姉様はさ……いつまで自分が一番強いつもりなの？　私はもう、乾坤より強いわよ。森羅を超えてしまったかもね。どうかな？　試してみる？」

小首をかしげて問いかける。葉歌は困ったように眉をひそめる。

「そんなこと、私は……」

「姉様は長を守る森羅でしょ？　どっちがその役に相応しいか試してみよ？」

螢花がもう一度言ったその時、葉歌の表情が変わった。何もない彫像のような冷たい色が彼女の顔一面を覆い、その直後、螢花は彼女を見失った。驚いてまばたきした次の瞬間、辺りの景色がさかさまになって、螢花は衝撃と共に床に叩き伏せられていた。荒い息をしながら目を上げると、葉歌が静かにこちらを見下ろしていた。見たことのない顔……この顔で、この人はたくさんの人を殺してきたのかもしれない……半ば目を回しながら、螢花はそんなことを思った。そこで、部屋の戸が開いた。

「ねえ、何かすごい音がしたけど……」

言いながら入ってきたのは炎玲だった。

炎玲は倒れた乾坤と螢花、そして二人を見下ろし静かに立っている葉歌を目の当たりにして目をぱちくりさせ——ふふっと笑った。

「乾坤、来てたんだねえ。いらっしゃい。葉歌も久しぶりにお兄さんに会えてよかったね」

強烈な……圧倒的な柔らかさのような何かで、室内の空気がとろとろに溶かされた。彼が生まれつき持っているこの説明しがたい素質は、蟲の愛情を喚起(かんき)する。

「す、すみません……」

葉歌はたちまち我に返ったらしく、おたおたと手を動かし、青くなったり赤くなったりし始めた。

「螢花、立てる？」

炎玲は近づいてくると螢花に向かって手を伸ばした。その手を見て、螢花はどうしようもない羞恥心に襲われた。

「螢花、どうしたの？　泣きそうな顔してる」

炎玲は困ったように笑いながら螢花の手をつかんで起こそうとする。

螢花はとっさにその手を払ってしまう。

「ん？　どした？」

ちょっとくだけた聞き方で、炎玲は顔を覗き込んでくる。

螢花はこのうんと年下の少年に自分を見られているのがたまらなくなって、勢いよく立ち上がると炎玲を突き飛ばすように部屋を飛び出した。

「螢花、待って」

炎玲はひっくり返りそうになりながらも、後を追いかけようと足を踏み出し——

「二人ともちゃんと、仲良くね」

室内に残された大人たちにそう言うと、部屋を出て行った。

「螢花、どうしたの？」

庭園の端っこに身をひそめて座り込む螢花の横に、炎玲がしゃがんで聞いた。

逃げようと思えば、いくらでも遠くまで逃げられるけれど……これ以上は足が動かなかった。自分はなんて……

螢花は己の幼稚さに辟易(へきえき)した。

「私……あの人をずたずたに傷つけて泣かせてやりたかった……」

膝に顔を伏せて呟く。

「葉歌を？」

「……うん」

「どうして？」

「あの人が私を愛してるのか知りたい」

「傷つけたら葉歌がきみを愛してるってことになるの？」

「愛してもいない人間の言葉で傷つきはしないでしょ」

「葉歌は感情が豊かだから、初対面の人にちょっと悪口言われただけでも傷ついてるところ見るけど？」

「……知らない。私はお前みたいにあの人の近くで暮らしてないもん」

不貞腐(ふてくさ)れた声が出る。

「螢花はお姉様が好きなんだねえ」

「……お姉様なんかじゃないわ」

螢花は顔を上げた。目の前の少年を、自分の共犯者にしたいような気持ちがしていた。もしくはちょっとばかり驚かせたり、傷つけたいと思ったのかもしれない。

そして言った直後に後悔した。羞恥心が波のように襲ってくるけれど、その感覚に反して言葉は堰を切ったように溢れてくる。

「あの人は私の母親。私はあの人から生まれたの」

「……そっか。そうかもしれないなって、思ったことは何度かあるよ」

秘密を明かされた炎玲は穏やかだった。優しく微笑まれると、螢花は恥ずかしくて情けなくて仕方がない気持ちになった。

そんな螢花を馬鹿にすることもなく、炎玲は柔らかに小首をかしげた。

「じゃあ、乾坤はお父さん？」

「…………そう」

「んー……あのねえ、大丈夫だよ」

炎玲はにこにこ笑いながら顔を覗き込んできた。

「葉歌はね、きみのこと大好きだよ。見てたら分かるよ。大丈夫。ただ、葉歌はどうやってきみと接したらいいのか分からないだけなんだよ。本当はね、もっと仲良くしたいって思ってるよ」

「何でお前に分かるの」

「分かるよ。僕はそういうの、分かるんだ。なんにも心配することないよ」

優しい瞳は温かな光を反射していて、螢花の気持ちをゆらゆらと揺らした。

彼の言葉は、なんだかいつも全部信じたくなるような響きがある。精神操作の蠱術でもかけられたのかと思うくらいに。

螢花は気持ちが落ち着いて、全身から力が抜けた。

「……私って、面倒くさいのよ」

「うん？　知ってるよ」

「執念深いし、嫉妬深いし、何も良いとこないのよ」

「知ってるってば」

「お前より六歳も年上なのに、幼稚だし」

「本当に面倒くさいなあ」

炎玲はけらけらと笑い出した。

「そうよ、私は面倒くさいの。私は私のことなんか、全然少しもこれっぽっちも好きじゃない！　……そんな私の良いところ、十個言って」

螢花はやけくそになって、甘えた。この幼稚な甘えに、けれど炎玲は驚きも困りも怒りもしなかった。

「十個？　うーん……良いところじゃなくて、好きなところを言ってもいい？」

「え……う、うん」

「面倒くさい。執念深い。嫉妬深い。幼稚。裏表がある。気が強い。力が強い。嘘吐き。負けず嫌い。好き嫌いが激しい」

炎玲は指を折りながら一息に言い切った。螢花はあんぐりと口を開ける。

「誰が悪口を言えと……」

「悪口なんか言ってないよ。好きなところを言っただけ」

「……嘘でしょ」

「僕は嘘なんか吐かないよ」

断言されて螢花は呆れる。そんな嫌なところを、好きだと言うのか……

「お前ってほんと……変なヤツ」

「僕は変じゃないと思うけどなあ」

「お前みたいなヤツって、やっぱり一番侮れないし、舐めてると痛い目見そう。本当は、すごーく怖いヤツなのかもって思うわ」

「僕が怖いって……どこが？」

彼がちょっとびっくりしたみたいな顔になったので、螢花は首を振った。

「嘘よ、嘘。全然怖くなんかないわよ。私はね、口に出してることと思ってることが全然違ったりするの」

「それも知ってるよ」

「だから……口では悪く言っても、本当はお前にごめんって思ってたりするの。私、お前と喧嘩なんかしたくなかったし。お前が仕事を引き受けたいなら蟲比べなんかやめて譲ったって別にいいの。一回言い出したら後に引けないから……なんだかこんな感じになっちゃったけど……だから……」

仲直りしよ――と言う直前、

「え？　何言ってるの？」

炎玲はきょとんとして言った。

「譲るなんてダメだよ。蟲比べしようよ」

「な、お前……人がせっかく素直に……」

「僕はちゃんと勝つから、本気で戦ってよ」

宣言され、イラっとする。だって造蠱はあまり上手くいってない。

負けず嫌いをおして譲ろうとしたのに……

だから……私って人間は面倒くさいんだってば！

「どいつもこいつも舐めやがって……いいよ、分かった。やればいいんだろ！　本気でお前をこてんぱんにしてやるよ！」

「こてんぱん！　うん、いいね」

炎玲は満足そうな顔で頷いた。


「あああああ……どうしよう……やっちゃったあああああ……！」

食べ物をぶちまけた床に突っ伏して、葉歌は叫んでいた。

「葉、落ち着け」

乾坤はため息まじりに葉歌の背を撫でる。

「嫌われた……絶対嫌われた……だって螢花が挑発してくるから……ううう……暴力なんか振るうつもりなかったのに……うあああああ……」

頭を抱えて唸る。

「俺たちにとってあんなの暴力のうちに入るもんか。螢花は怪我もしてない」

乾坤が冷静になだめようとする。しかし葉歌は、俯いたまままきつく拳を握った。

「違うの……私さっき、螢花を酷く痛めつけて、二度と戦えない体にしてやろうって、一瞬……考えたの」

その言葉に、乾坤は絶句する。

「あの子は月夜様仕込みの蠱術を持ってる。それが私より強くなってしまったら、もうこの世の誰にも止められない生き物になってしまうわ。だから今のうちにって……考えてしまった自分が怖い。私は私の母さんと同じことをあの子にはしたくなかったのに……」

その言葉に、乾坤の表情が強張る。

「だけど私はそれ以外知らないから……母さんが私にしたようにしかきっとできないから……だから一緒にいない方がいいって思って、それでちゃんと上手くやってきたのに……ううう……私、あのこに……ぼ、ぼうりょくを……うう……」

葉歌は鼻水を垂らして泣き出した。

乾坤は葉歌の前にしゃがみ、自分の袖で葉歌の顔を拭ってやる。

「お前は実際あの子を傷つけたりしなかっただろ。それに螢花が癇癪(かんしゃく)を起こすのはいつものことだ。どうせすぐに機嫌は直る」

「兄さんの前ならそうかもしれないけど！　私は一緒に暮らしてないんだから、そのすぐはやってこないかもしれないじゃない！」

「……じゃあ、一緒に暮らすか？」

聞かれ、葉歌はぴたりと動きを止めた。乾坤は答えを促すように黙って待っている。

葉歌はそんな兄をじっと見つめ……ぱっと顔を輝かせた。

「すてき！　兄さんと螢花と三人で暮らしたら、きっとすごく楽しいわよね」

「そうだな」

「兄さんの毒草鍋も好きなだけ食べられるし」

「ああ、毎日作ってやるよ」

「小さい頃全然会えなかったから、螢花の顔毎日見られたら幸せ。兄さんばっかりずるいって、私も螢花と暮らしたいって、ずっと思ってたんだもの」

「俺があの子を独り占めして悪かったな」

「三人で川の字で寝ちゃったりなんかして。やだ、楽しい……」

「それはもう嫌がるんじゃないか？」

「だってずっと離れ離れだったし！」

「まあ、少し我慢して一緒に寝てもらおうか」

「うん、そうね。ああ、楽しみ……だけど……そんな日は来ないよね」

葉歌は笑顔のままそう言った。

「……そうだな、来ないな」

乾坤は静かに答えた。

「あの子のことこんなに可愛いのに、こんなに愛してるのに……私は蠱毒の里の森羅でありたいって思ってしまう。私の心と行動は、いつだって一致しない。何をどれだけ愛していても、里長の命令一つで壊してしまえる。なのに……それが分かっていても、私はすぐ人を好きになってしまう」

「……ああ、知ってる」

「里の人たちは森羅である私を求めた。兄さんと螢花は、葉である私を求めるんでしょう？　この世に一人だけ……玲琳様だけ。私が葉であり、森羅であり、葉歌である……その歪を持っているから価値があると……その全部がほしいと……あの人だけが言った」

「……ああ、あの人は俺ができなかったことをやった」

「はい、だから……私は葉には戻れません」

「分かった。一人で里長を守り続けるお前を、俺は尊重するよ」

と、乾坤は初めから答えが分かっていたみたいに言った。

「私はそりゃあ独り身ですけど……」

「そういう意味じゃない」

「だけどそれは、私がモテないってわけじゃなくて、私の理想にぴったり合う素敵な殿方が今まで現れなかったっていうだけなんですから！」

葉歌は乾坤の言葉をろくに聞かず、必死に言い返した。

「お前の理想の殿方ってのは？」

「え？　そりゃあ……兄さんより強くて、兄さんより頼もしくて、兄さんより優しくて、兄さんより私を大切にしてくれるような殿方ですよ！」

言われた乾坤は面食らったように固まる。

「だけど、そんな殿方いないんですもの！　だから、私が悪いってわけじゃないんです。そこのところ、間違えないでくださいね！」

葉歌が必死に言い訳すると、乾坤はしばし停止していたが、ややあってゆっくりと肩を落とした。

「そのうち……お前も歳を食って仕事を続けるのが難しくなる日が来るだろうから、そうしたら……その時は帰ってこい」

「やなこと言わないでくださいよ」

ふくれっ面になった葉歌の手を、乾坤が握った。

「それにな……螢花のことは心配しなくていい」

どうして？　というように怪訝な顔をした葉歌の手を強く握ったまま、乾坤は小さく呟いた。

「あの子には炎玲様がいてくれる」

怒りとは蠱術に必要な感情に違いない。

蟲花はこの日、確信を得る。

色々なものへの怒りと苛立ちをぶつけた蟲たちは、ようやく望んだ通りの蟲に仕上がった。

蟲師はそれぞれ、自分が術を使うのに適した方法を持っている。

里長の玲琳は夫との接触によりそれを成す。自分はきっと、色々なものに怒りをぶつけてそれを成すに違いない。

約束の日、約束の時刻に、炎玲と螢花は作り上げた蟲を国王楊鍠牙に献上した。どちらがより強い蟲師であるかを競うために――

場所は王妃李玲琳の毒草園。ここならば、蟲や毒をいくらまき散らしても問題ない。

「二人ともよくやってくれたな。それじゃあ戦ってもらおうか」

鍠牙は向かい合う炎玲と螢花の間に立ち、二人に順々視線を送って命じた。

「じゃあ、いい？」

と、炎玲が腕を持ち上げる。その腕に、巨大な鷲（わし）がとまっている。

「いいわよ」

と、螢花は答える。衣の裾から、大蛇が這い出てくる。

「では――始め！」

鍠牙が声を張った瞬間、炎玲の鷲が大蛇に向かって襲いかかった。鋭い鉤爪（かぎづめ）がギラリと光り、太い胴体に食い込む。シャアアアア！　と、激しく鳴きながら、蛇は身を捩って鷲に牙を立てた。

もつれ、絡み合いながら鷲と蛇は削り合う。

螢花はまばたきもせずにその光景を眺める。戦況は次第に傾き、螢花の大蛇は長い体を鷲に巻き付け、地面に落としてぎりぎりと締め上げた。

勝負あった……螢花は確信した。その時――

ピュウと小さな口笛の音がした。ピュウピュウピュウと、歌うように……

はっと横を見ると、炎玲が唇を尖らせて音を奏でていた。すると、たちまち大蛇の動きが鈍った。蛇の無機質な瞳がうっとりと炎玲を捉え、体が緩んで力を失う。

「大地を貫く毒牙の使者よ！　この声に応えて敵を喰らえ！」

螢花はとっさに叫んだが、大蛇はその声を聞こうとしなかった。

解放された炎玲の鷲は、再び羽ばたき大蛇を襲う。もはや大蛇に抵抗の意思はなかった。

螢花はぎりと歯噛みし、地を蹴った。離れて立っている炎玲と一瞬で距離を詰め、足をかけて地面に倒す。そして首筋に手刀を当てた。

炎玲は倒れた衝撃でせき込み、口笛を止めている。

「さあ！　喰ってしまえ！」

螢花が叫ぶと、今度こそ大蛇はその声を聞き、巨大な口を開けて鷲を一飲みにしてしまった。

それを確かめ、螢花は炎玲を見下ろした。

「私の勝ちだ。蟲の力は最初から私の大蛇が強かった。お前はそれを、自分の力で補おうとしたんだな。お前はどんな蟲にも愛される稀有(けう)な蟲師だけど……そういうことをするなら、隠れておくべきだった。実戦なら、そういう術者は当然狙われる」

「……あーあ……残念、負けちゃったかあ……」

炎玲は倒されたまま大きく両腕を広げて息をついた。そして螢花を見上げ、楽しそうに微笑んだ。

「ねえ、螢花……僕ら、結婚しようか？」

「……は!?　なんで今!?」

「今、言いたいなと思ったから」

「なんでよ！」

「んー……きみがとてもカッコよくて、綺麗だったから。本当は、僕が少しは成長したところを見せてから言いたかったけど……ダメかな？」

下から手を伸ばし、炎玲は螢花の頬に触れる。

「いや、許嫁だし……ダメではないけど……」

突然のことに頭が回らず螢花が混乱していたその時——

大気が震えた。突如その場に巨大な黒い影が現れ、太陽を覆い隠す。

一瞬ぽかんとし、すぐに見上げると、そこには獣(けもの)がいた。黒く巨大な四つ目の犬。

螢花もよく知っている——犬神だ。

犬神は大きな口を開けると、鷲を一飲みにした大蛇を、ばくりと一飲みにしてしまった。それはほんの一瞬の出来事だった。

唖然とする一同の前に、小さな人影が現れる。

「楽しそうなことをしているわね。私もまぜなさい」

言いながら現れたのは蠱毒の里の里長にして、魁国の王妃、そして炎玲の母親でもある女性、李玲琳だった。

三十を超えているはずだが、彼女は何故か童女の姿をしていた。

「姫、やっと仕事が終わったか？　ずいぶんと愛らしい姿だな」

鍠牙はにこやかに微笑んで妻を迎えた。

「赤の蟷螂(かまきり)を使うと、こういう風になってしまうのよ。今日の姿は十歳前後かしらね。その内戻るわ」

玲琳は軽く自分の胸を押さえて説明する。そして、炎玲と螢花に視線を送った。童女の姿だというのに、異様な圧を放っている。

「蟲比べをしていたのでしょう？　なんだかよく分からないけれど、私の勝ちということでいいかしら？」

楽しげに笑う。

「お母様、後から出てきてそれはずるいです」

炎玲は起き上がって文句を言った。

「お前もずるいこと、していたではないの」

玲琳はずっと見ていたらしく揶揄するように返す。

「私にも他の誰にもできないことだわ。血ではなく、愛で蟲を扱う……お前は決して強い蠱師ではないけれど、特別な……二人といない蠱師になったわね」

童女と思えないほど妖艶な笑みを浮かべる。

「まあ、私にはまだまだ遠く及ばないけれど」

「あなたに敵う蠱師など、現れはしないだろうよ、姫」

鍠牙が腕組みして言った。何故か、妙ににやついている。

「さて……まだ続ける？」

玲琳は炎玲と螢花を交互に見た。その瞳に刺されて立ち上がる意思のある者は、この場に一人もいなかった。

「聞いたわ」

玲琳は端的に告げた。その日の夜、鍠牙の自室で。

背後には、雷真と風刃と由蟻が控えている。彼らはまあ、簡単に言えば、鍠牙の所業を玲琳にチクった。すなわち、鍠牙が炎玲と螢花を別れさせようと画策し、蟲比べをさせたのだと。

蟲比べを手伝うよう命じられた彼らは良心の呵責(かしゃく)に耐えかねて、玲琳にしっかりとチクったのだった。

数日部屋に籠って何も事情を知らなかった玲琳は、話を聞いて呆れ果てた。

何という愚かな話だろうか……

玲琳は小さな体で部屋を歩き、長椅子に座っている鍠牙の膝によじ登った。

「本当に……なんて愚かな話かしらね」

「俺がやったことは愚かか？」

鍠牙は玲琳を抱きかかえてにやにや笑いながら聞いてきた。

「いいえ、お前が二人を別れさせようとした——などという話を真に受けるのが愚かだというのよ」

玲琳はちらと後ろに目をやる。三人の護衛たちが、え!?　と驚いている。

「お前が炎玲を悲しませるようなことなど、ひとかけらだってするはずがない」

玲琳は確信をもって断じた。

「さあ……白状なさい。本当は何がしたかったの？」

鍠牙はにやにやしながら玲琳の頬を撫でていたが、くくっと笑って口を開いた。

「炎玲がそろそろ螢花に求婚しそうだなと思った」

「何故？」

「さあ？　見ていてそう思った」

「それで？」

「炎玲が王宮を出て蠱毒の里に行ってしまったら困るなと思った」

「なるほど？」

「だから……螢花をここに囲い込んで閉じ込めてしまえばいいと思った」

その結論に、玲琳は眉をひそめた。

「何ですって？　監禁しようとしたの？」

「まさか。俺がそんな非道を行うと思うか？」

「思うわ」

即答した玲琳に、鍠牙もムッと眉をひそめた。

「……まあ、それはさておきだ、人を捕らえる方法は多々あるが、もっとも単純な方法は、餌で釣ることだろう。蠱師にとって一番の餌は、蠱術だ。蛍花には、最上級の道具や材料を惜しみなく与えた。莫大な金がなければできないことだ。蠱毒の里でもできないことだ。そして人間は……一度覚えた贅沢を忘れない」

堂々と言ってのけた鍠牙に、玲琳は呆れ果てた。

「呆れ果てたわ……」

言った。

控えて話を聞いていた護衛たちも、あんぐりと口を開けている。無理もない……彼らの想像の軽く千二十九倍、鍠牙のやり口は卑劣であろう。

「まあ焦るな、姫。これはほんの手始めだ。蠱術を極めるのに最も適した環境がこの王宮にそろっていると、蛍花に教え込むんだ。実際彼女は強い蠱を作っていたし、炎玲にも見事勝った。貧しい里では物足りないと、徐々に思わせていけばいい」

「お前……そんな下劣極まることを、よくもそんないい笑顔で言えたわね」

「蠱術には金がかかる。お前は私のために金を使う男か――と、最初に聞いたのはあなただ。俺は、あなたと子供たちのためなら国庫を空にする覚悟がある」

「呆れ果てたわ！」

また言った。

「けれど……お前のその馬鹿げたやり口が蠱師を潤すのなら、それも悪くはない」

　ふふんと玲琳は笑う。

「賛同していただけて光栄です、蠱毒の里の里長よ」

　鍠牙は玲琳を膝に乗せたまま、己の胸に手を当てて軽く礼をした。

　護衛たちはもう、開いた口が塞がらないという感じだ。

「ここまでしたのだもの……炎玲の想いが無事螢花に届くといいけれど……」

　最後に残った問題は、最も苦手な分野の話だ。玲琳は小さく嘆息する。

「あの子は上手くやるだろう。あれはとんでもない人誑しだ」

「私にはそういうことがよく分からないわ」

「あの子は祖母に似ているからな」

　言われ、玲琳はギクッとした。炎玲のあの素質は、祖母である夕蓮のそれと確かに似ている。しかし、鍠牙がそれを感じ取っているとは思わなかった。それを知ったら、鍠牙は正気でいられないのではないか……と、玲琳は少なからず思っていたからだ。

　しかし鍠牙は落ち着いたものだった。

「似ているが、真逆でもあるな。夕蓮は人を狂わせるが、炎玲は人を幸せにする。俺はそういうあの子がとても可愛い」

　軽く目を閉じる。瞼の裏に浮かぶ姿は、どちらのものであろうか……

「まあ、そういう子だから心配はしていない」

「鍠牙……お前は大人になったわね」

玲琳は思わずしみじみと言ってしまう。鍠牙は目をしばたたき、吹き出す。

「四十を超えた男に言うことか」

「四十にもなれば惑わなくなるのが人の常。だけどお前は、馬鹿げたことを企みながら真っ当なことを言う……そんなろくでもない大人になってしまったのね」

玲琳は呆れながら言い、卑劣な夫に口づけた。

寸書ノ一

魁の後宮の一角に、極寒のごとき冷気を発する空間が出現していた。
とある廊下の真ん中である。そこには向かい合う一組の男女がいた。
一人は王女火琳の護衛役、苑雷真。もう一人は火琳と炎玲の教育係である秋茗。
二人とも王子と王女誕生以前から王宮に仕えていて、みなの信頼も厚い。
そんな二人が、人目もはばからず睨み合っていた。
「どういうおつもりだったんですか？」
吹雪を口から放つかのように秋茗が問うた。
「忙しいところを呼び出して何の話だ。端的に説明してくれ」
樹氷めく声で雷真が答える。
そしてまたバチバチと睨み合う。
まるで憎み合う敵同士のようであるが、この二人……れっきとした恋人同士である。
しかし両者の間にそんな甘い空気は全く流れていなかった。

「何なのかしら、あれ……」

睨み合う二人をこっそり柱の陰からのぞき、火琳が囁く。

「何だろうね、あの二人はだいたいいつも喧嘩してるからね」

火琳の下にしゃがんで炎玲がこそこそと答える。

覗き見しているのは双子だけではない。辺りの柱には女官や衛士たちがこっそり隠れて、この状況を心配そうに見守っているのである。

「今日はどちらが勝ちますかしら」

「私は雷真様に賭けますわ」

「俺は秋茗さんに」

みな心配そうに……見守っているのである。

そして見守られた両者は鍔迫り合いを始めた。

「陛下の前で、余計なことをおっしゃったそうですね」

「余計なこと？」

「火琳様と風刃さんのこと、しゃべろうとしたと……由蟻さんから全部聞きました」

秋茗は冷ややかに目を細めた。

「え!?　私が原因!?」

火琳はぎょっとして声を上げる。炎玲は上にいる姉に向かってしーっと指を立ててみせた。

双子とは別の柱に隠れていた由蟻がぱちぃーんと片目をつぶって舌を出す。彼と雷真は血が繋がっていてよく似た美男子だが、こういうふざけたところは少しも似ていない。

「うおおおおおい……あいつら何を言い出してやがる……」

由蟻と同じ柱に隠れていた風刃が、ぎりぎりと柱に爪を立てる。

潜んでいる者たちのことを知っているのか知らないのか……雷真と秋茗は更に口論を続けた。

「何が余計なことだ。大切なことだろう。火琳様のお相手は、陛下やお妃様が納得する男でなければならない。そうでなければお互い辛い思いをしてしまうだろう。早いうちに手を打っておいて何が悪い」

うんうんと、隠れた衛士たちが納得したように頷いている。

「結構な忠義ですね。そこに年頃の少女への気遣いはあったんですか？　あなたはいつも無神経に、規律だけで物事を考えようとする。それは本当に火琳様のためでしたか？　あなたに乙女の心中が理解できるとでも？」

見ていた女官たちが無音で拍手する。

「おーっと……秋茗の一撃が雷真の腹に突き刺さりました！　俺も雷真のあれはどう

かと思ったからさあー」

　この喧嘩を引き起こした由蛾が小声で実況を始めた。

「くそっ！　あいつら止めてくる！」

　風刃が飛び出そうとしたのを、由蛾が横から捕まえ、青徳が後ろから羽交い締めにする。そして反対から葉歌が手を伸ばして口を押さえた。

「きみは甘やかすことが教育であると思うほど愚かな女性ではないはずだ。そんなことは正しくない。平民と王族は明らかに違う道を歩まねばならない」

　雷真は頑として言った。

「これは……雷真が痛恨の一撃を放ちました。葉歌さん、この二人の戦い、どう思われますか？」

　由蛾はひそひそ実況を続けながら、風刃の口を塞いでいる葉歌に解説を求めた。

「そうですねー。あのお二人は基本的に全く性格が合いませんから、両極端な二人の痴話喧嘩であるというところが見どころでしょうか」

　葉歌は乗った。全身からわくわく感が溢れだしている。

「甘さを排除して正しいことを求めるあなたのその精神、私は嫌いじゃありません。尊敬の念も抱いています。けれど私はどうあっても火琳様と風刃さんの味方です」

「秋茗の正拳が入ったあああ！」

由蟻、何故か拳を振り上げる。

「これは効果的な一撃ですね。相手を褒める素振りを見せるところが重要です」

葉歌がしかつめらしく解説を添える。

秋茗の言葉に一瞬口を閉ざした雷真だったが、きりりと眉をつり上げて珍しく大声を上げた。

「嫌いじゃないというなら！　どうしてきみは私の求婚を突っぱねたんだ！」

その叫び声に、潜んでいる野次馬たちからざわめきが生じる。

「な……求婚って言ったぞ？」

「ええ!?　雷真様、秋茗さんに求婚してたんですの？」

隠しきれないほどのざわめきがざわざわと……しかし当の二人はそんなことお構いなしに刃を向け合っている。

「だから言いましたよね、私はそんなことに興味ないって」

秋茗はきっぱりと言った。

「秋茗の拳が雷真の顎を捉えたあああ！」

由蟻、もはや小声を忘れつつある。

「やだちょっと、みなさん静かに!!」

葉歌は解説を忘れてはしゃいだ。

その時、火琳と炎玲の隠れている柱の後ろに人影が近づいてきた。

「おい、何をしているんだ？」

呆れたように聞いてきたのは国王楊鍠牙だった。

「しいっ！　お父様静かにしてちょうだい。今いいところなの！」

火琳は真剣な顔で父を叱る。鍠牙はわけが分からないという風ながら、自分で自分の口を押さえた。そして、みなが注目している二人に陰から目を向ける。

「なんだ、またあの二人の喧嘩か……」

「違うの！　今日はちょっと違うのよ！」

火琳も興奮して顔が真っ赤になっていた。

全員の注目を受けた雷真は険しい顔で言った。

「興味がないというのはつまり、私を好きではないということなんだろう！」

声を荒らげる雷真。

「いいえ、好きですよ。この世で三番目に好きです！」

「そうか、私もきみのことはこの世で三番目に好きだ！」

二人は周囲のことなど気にもせず、大声で怒鳴り合った。

「何だこれは、どういう状況だ？」

「鍠牙ちょっと黙ってて！　これは両者譲らぬ猛攻が続いております！」

由蛾は目を爛々と輝かせて実況した。

「三番目！　これはおそらく両者とも、火琳様と炎玲様を何より大切に想っているということでしょう！　お互い拮抗していますよ。この先が楽しみですね！」

葉歌の解説が復活した。はあはあと変に興奮している。

「秋茗殿！」

「何ですか！　雷真さん！」

両者険しい顔で睨み合い——

「きみはやはり素晴らしいな！」

雷真が断じた。一瞬、周りの空気が停止する。

「火琳様と炎玲様を想うその心……尊敬に値する」

「……ありがとうございます」

「私ときみは生まれも育ちも考え方も全く違う。だからこそ、違う視点からものを見ることができるはずだ。それができる相手はきみしかいない。正しさは、ぶつけて磨いてゆくこともできる。我々はこれからも、共にお二人を守ってゆこう！」

「……そうですね」

秋茗の怒気がみるみるうちに削がれてゆく。そして照れくさそうに頬を染めた。

「うえええぇ……これは……雷真の反撃が完全に秋茗の心臓を貫きましたあああ。

あっけなく決着ですううううう」

　由蟻はがっくりと肩を落とした。

「これはですねー、惚れた弱みというあれですねー」

　葉歌もがっかり感丸出しで言う。

　野次馬たちもやれやれと陰から出てきた。

「皆様、お騒がせいたしました」

　秋茗が彼らに向かって頭を下げる。

「今日も楽しませてもらったわ」

「秋茗さん、頑張れよ」

　などと言い、みなそれぞれ持ち場に戻っていった。

「お前ら……いいかげん放しやがれ！」

　風刃がようやく三人の手を振りほどき、ぜーはーと肩で息をする。

「散れ散れ！　こんなところに集まってんじゃねえ！」

　喚き、不意に火琳の煌(きら)めく瞳と視線がかち合う。途端、うぐっと風刃は声を失う。

　火琳は恥ずかしがるようにくるっと背を向けて、ひらひら走って行ってしまう。　炎
　玲が、その後を追いかける。

　鍠牙が愛おしそうにその背を見つめているのを見て、風刃はからからに渇いて閉ま

り切った喉を開いた。

「陛下、その……お伝えしておきたいことがあるんですが……」

「言うな」

鍠牙は聞きもせず、命じた。

「え？　いや、まだ何も……」

「何も言うな。そうでなければ、俺はお前に何をするか分からん」

風刃は絶句した。変な汗が流れてきた。

「さて……戻るか」

鍠牙はいつもの鷹揚な笑みを浮かべた。

風刃が言える言葉など一つしかなかった。

「……承知いたしました」

寸書ノ二

「私はね、青徳の優しくて穏やかなところが好き。村の他の男の子たちみたいに乱暴じゃないもの」

朝日に照らされた畑の中で、少女が言う。青徳が照れくさくて俯いてしまうと、少女は青徳の手を握って優しく笑った。少女の頬もほんのりと桜色になっている。恥ずかしがり屋のこの少女がこんな風に手を繋ぐ相手は自分だけだ。

「青徳はいっつもおとなしいよな。もっとわがまま言ってもいいんだぜ。俺たちのこと、兄ちゃんだと思えよな」

「そうだよ。だから遠慮すんなって。その薪、もっとこっちに渡しな」

小雨の降る山で、少年たちが言う。青徳が彼らより多くの薪を背負おうとしたのは自分の方が力も足腰も強かったからだけど、彼らはいつも心配してくれる。

「青徳、何も心配することはねえぞ。俺らはお前の家族だ。だから、ずっとここにいていいんだ。うちは貧しいが、力を合わせてやっていけば大丈夫さ」

「そうよ、本当のおっかさんだと思っておくれよ。あたしもお前を本当の息子と思ってるからね。好きなだけ甘えていいんだよ」

　煮炊きしている竈（かまど）の傍で、父母が言う。自分を引き取ってくれたこの人たちを、どれだけ大切に想っているか……どうやったらそれを伝えられるのか……青徳はしゃべるのがそんなに上手じゃないから、何と言ったらいいのか分からない。ただただ、彼らを見ていると幸せで泣きたくなる。


「青徳！　ねえ、起きて！」

　愛らしい少女の声に揺すられて、青徳は目を覚ました。

「……火琳」

　ぼんやり名前を呼ぶ。

「こんなところで寝てると風邪ひくわよ」

　輝く美貌の少女が、目をつり上げてこちらを見下ろしている。

　のっそり起き上がりながら周りを見ると、魁王宮の庭園の草むらで自分は眠っていたようだ。

　青徳が草むらに座ったままじっと火琳を見上げていると、火琳はぱちぱちとまばたきしながら隣に座った。

「どうしたの？　青徳」

答えながら、青徳は火琳の肩に頭を乗せて寄りかかる。

「何よ、甘えんぼさんね」

火琳はちょっと嬉しそうにふふんと笑いながら青徳の背中を撫でる。

青徳が初めてこの王宮で目を覚ました時、傍にいたのがこの少女だった。

幼かった自分は臆病で、周りの全部が怖かった。火琳は怯える青徳を、必死に守ろうとしてくれた。ちょっと、お姉さんぶってもいた。

しばらくそうしていると、庭園の向こうから火琳の弟である炎玲が走ってくる。この少年も、青徳が初めて目を覚ました時傍にいた。そして火琳と同じように自分を守ろうとしてくれた。やっぱりちょっと、お兄さんぶっていたかもしれない。

「青徳、今日は会合の日だよ。忘れちゃったの？」

炎玲は目の前まで走ってくると、息を切らしながら言う。

「ああ、そうか……忘れてた。行くか」

と、青徳は急いで立ち上がる。

「会合？　何の？」

火琳も立ち上がりながら聞いてくる。青徳はちょっと考え、

「『火琳様をお慕いする会』の会合だよ」

正直に答える。

「なっ！　何ですって！　あなたあのおかしな集いに参加してるの!?」

「そりゃあしてるさ。俺が参加しなくて他の誰が参加するんだ」

「何よそれ！」

火琳は顔を真っ赤にしてぷんすか怒っている。そしてはっと青ざめた。

「炎玲……まさかあなたまで参加してるんじゃないでしょうね……？」

「してるよ。当然でしょう？」

炎玲はにこにこ笑いながら答える。

「あなたたち！　馬鹿じゃないの!?」

火琳は愕然として喚く。その顔があんまり可笑しくて……青徳と炎玲は同時に笑い出してしまう。

「もう……男の子の馬鹿な遊びには付き合ってられないわ！」

「いや、集いには女もいるぞ」

「みんな馬鹿！」

火琳はぷんぷん怒ってずかずかと歩き出してしまう。

「じゃあ僕らも早く行こうか。会合始まっちゃう」

炎玲が青徳の腕を引っ張り歩き出す。のどかな昼下がりだ。

怒りながら歩いている火琳と、それを追いかける炎玲。彼に引っ張られる青徳。三人連なって歩き、池の橋を渡る。その時、魚が跳ねるような音がして、池を覗き込む。自分の姿が映っている。火琳や炎玲と同じ、十五歳の自分が……

昔のことは、ほとんど覚えていない。

気が付いたらここにいて、火琳と炎玲に守られていた。

自分の名前は憶(おぼ)えていた。遠い昔、家族がいたと思う。その時のことをよく夢に見る。見るといつも泣きたくなる。

自分はあの人たちを悲しませるようなことをしたのかもしれない。そんな気持ちがふと湧きあがる。それでも夢に出てくる家族は優しくて、切ない気持ちになる。

火琳も炎玲も、そのことは知らない。けれど、青徳が不安そうにしているといつも、大丈夫だよ怖くないよと励ましてくれる。

自分の体は普通とは違うらしい。この体を診(み)ている蠱師の李玲琳は、青徳は長く生きられないかもしれないし、予想外に長く生きるかもしれない。それは誰にも分からない……そう言っている。

死ぬのが怖いとは思わないが、長く生きなければと思っている。火琳と炎玲を、守らなくてはならないから……


「火琳、炎玲」

　歩きながら、青徳は双子の名を呼ぶ。同じ顔をしている。全然違う顔のはずなのに、時々驚くほどそっくりに見える。青徳は、彼らに向かってにっと笑った。

「俺はお前たちを愛してるよ」

　双子は同時にぱしぱしと高速でまばたきする。顔を見合わせ、首を捻る。

「何よ急に」

「本当だよ。お前たちを愛してるよ」

　青徳はもう一度言う。

　どうしてだか、時々この言葉を言いたくなる。言うといつも、不思議なくらいに安らいだ。特別な言葉のように思える。尊い言葉のように思える。

「この世で一番、お前たちが大事だ。愛してる。だから、死ぬまで守ってやるよ」

　そう言って笑うと、不思議なくらい満ち足りた気持ちになる。

　自分はただ、それだけを望んで生まれてきたのだろうな……と、思う。

　それは宝物のような感情で、もう誰にも奪われることはないのだ。

第三書　夏ノ見舞状

賢明なる女帝陛下に、無力な端女が滑稽な話を謹んでお伝え申し上げます。

玲琳様が双子の御子をお産みになり、最初の夏も終わる頃でしょうか。

どれほど奇矯な親でも、初めての子には翻弄されるようで……


「子供というのは不思議なものねえ」

玲琳は、小さな赤子用の寝台に横たわる双子を見下ろしながら愉快そうに言った。

そっと手を伸ばし、ふっくらとした頰をつつく。

「ねえ、私の声が聞こえている？　私がお前たちのお母様なのよ」

ふふっと笑いながら話しかけるが、双子はそんな声など少しも聞いてはいなかった。

何故なら、顔を真っ赤にして泣きわめいていたからである。

「困りましたわね、お妃様。お乳をあげてもおしめを替えても何をしても……全然泣き止んでくれませんわ」

げっそりとした顔で女官の葉歌が言った。

「またしばらくだっこしていましょうか」

と、玲琳はより激しく泣いている炎玲を抱き上げ、ゆらゆらと揺らしながらあやし始める。しかし、炎玲は泣き止むどころかますます激しく泣きわめいた。

「やっぱりちっとも泣き止まないわね。子供って本当に不思議だわ」

玲琳は苦笑する。

すると、遠くから乱暴な足音が聞こえて、部屋の扉が乱暴に開かれた。そこから駆け込んできたのは部屋の主である国王楊鍠牙だった。

鍠牙はやつれた青い顔で駆けてくると、玲琳の腕から泣いている炎玲を取り上げた。そして、寝台で泣いている火琳のことも抱き上げ、双子を同時に抱きしめた。

「離れていてすまなかったな……戻ってきたぞ」

そう声をかけると、双子はたちまち泣き止んだ。さっきまで、母親である玲琳や、子育ての経験がある女官たちが、いくらあやしても泣きわめき続けた赤子が、嘘のようにぴたりと泣き止んだのである。

鍠牙は双子をだっこしたまま、崩れ落ちるように座り込んだ。

「いい子だ、いい子だ……お父様が傍にいるからな……」

そう言ってやると、双子はとろんと瞼が重くなり、すやすやと眠り始めた。

「本当に……いったいどういうことなのかしら？　この子たち、お前以外の人間に少しも懐かないわねえ」

玲琳は半ば呆れて言った。

そう……生後五か月のこの赤子たちは、何故か父である鍠牙にだけ懐き、父にだっこされていないと泣きわめくのである。まったくもって奇々怪々なことに、この双子は父だけを自分たちの味方だと思っている様子なのだった。

そして数多いる人間の中でも特に、玲琳が抱くと怖がって泣く。

「母親に懐かない子供というのもいるものなのねえ」

玲琳は昔のことを思い出す。父は玲琳にいつも冷たかったし、抱き上げるどころか頭を撫でられたことすらない。幼い玲琳が慕っていたのは母一人だった。そういう玲琳にとって、この状況は何とも不可解なものに感じるのだった。

「あなたの恐ろしさが、この子たちにも分かるんだろうな。聡明な子たちだ」

鍠牙はくっくと笑ったが、その声には力がない。

子供たちが父にしか懐いていないということはつまり——この五か月、鍠牙はろくに眠ることもできず一人で子供たちの面倒を見てきたようなものだ。他の人間に預けた途端子供たちは泣き出すし、鍠牙はそれを放っておくことができなかったのだから。

そのため彼は、仕事中も食事中も何をする時でも、子供たちを抱きかかえて過ごしている。ほんの少し厠に行っただけで今の騒ぎだ。

母である玲琳は、お乳を与えるくらいしかすることがない。その他のことは全て鍠牙がやっているのだ。おしめを替えるのもあやすのも寝かすのも何もかも、子供たちの世話は全部鍠牙だ。他の人間が触れようものなら、二人はたちまち火が付いたように泣きわめく。多少泣かれても、おしめくらい自分が替えればいいと玲琳は思うのだが、鍠牙は少しでも子供たちが泣くようなことはしたくないらしく、他の人間に子供たちを渡そうとはしないのだった。

「私があやしているから、少し眠りなさい」

玲琳がそう提案するが、鍠牙は首を振った。

「この子たちは大泣きするに決まってる。可哀想だ。俺が傍にいないと」

と、疲れた顔で嬉しそうに微笑む。

「お前は本当にこの子たちが可愛いのねえ」

「当たり前だろう。この子たちより可愛いものはこの世に存在しない」

即答し、またぎゅうっと抱きしめる。

「でも眠いでしょう？」

「いいや、ちっとも」

「疲れたでしょう？」

「いいや、ちっとも」

恐ろしいことに、それが嘘ではないと玲琳には分かってしまうのだった。どう見ても寝不足で疲れているのに、彼にはその自覚がない。

「呆れたこと、殴って気を失わせて眠らせた方がいいかしら」

玲琳は背後の葉歌にちらと目をやる。

「え、やります？」

葉歌は小首をかしげて拳を振りかぶる。

「やめてくれ、この子たちを泣かせるような真似（まね）は」

鍠牙は双子を抱いたまま警戒するように立ち上がった。わずかによろめく。

「なら、子供たちと並んで眠ればいいわ。向こうの寝台で」

玲琳は奥にある大きな寝台を指したが、鍠牙はかぶりを振る。

「だっこしてないとすぐにばれる」

確かに彼の言う通り、子供たちはどうしてだか、ちゃんとだっこされていないとすぐに目を覚まして泣き出すのだ。何が不安なのか何が不満なのか……一時も離れず自分たちの面倒を見ろ！　という強烈な意思を感じる。そしてその相手は絶対に、鍠牙でなければならないのだ。

「さて……仕事に行くか……」

鎧牙は呟き、子供たちを抱いたまま部屋から出て行く。よろめく後ろ姿を見て、玲琳は本気で心配になった。このままでは本当に、死んでしまうのではなかろうか……


一人で双子を抱きながら、鎧牙は廊下を歩いてゆく。

起こさないよう……慎重に……

不思議だ……と、思う。鎧牙は子供というものを、好きだと思ったことが今までなかった。あまりに柔く、弱く、恐ろしいとさえ思っていた。自分が触れたら何かが歪んでしまうのではないか……ほんの少しでも傷つけたら……そのせいで……いつかその子供は自分と同じような苦しみを味わうのではないか……そんな妄想がずっとあった。自分は子供を、好きではない。

なのにどうして、この子たちはこんなにも可愛いのだろう。

眠いとか疲れたとか、少しも感じない。お腹を空かせているのなら、自分の肉を削って食べさせてやりたい。

こんな風に人を愛する日が来るとは思わなかった。

妻である玲琳にも抱いたことがない気持ちだ。自分が彼女に向ける感情と、この子たちに抱く想いは、ほんの少しも似ていない。

玲琳を幸福にしたいなどと思わないし、怪我をさせたくないとか死なせたくないとも思わない。ただ、自分を血の一滴まで貪って、地獄の果てまで引きずって行ってくれるならそれでいい。

けれど、子供たちは違う。

この子たちには少しの痛みも与えたくない。泣いているところなんて見たくない。この子たちのためならば、命なんていくらでもあげよう。

「なんなんだろうな、これは……泣きたくなってしまうな……」

今まで生きてきて泣いたことはそれほど多くないが、この子たちを見ているとなんだか色々なものが溢れてくる。

ふと立ち止まる。渡り廊下に、柔らかな陽光が降り注いでいる。

この世界は……こんなに美しかっただろうか……

「俺は今まで、どうしてあんなにも残酷になれたんだろうな……」

しばらくそうして外を見ていると、腕の中の炎玲がぴくりと動いた。目を開けて、顔をくしゃくしゃにして泣き出す。

「どうした？　炎玲。お父様がここにいるだろう？」

鍠牙は顔を覗き込んであやしたが、炎玲は宙の一点を見ながら泣き続ける。それに触発されて、火琳も泣き出してしまった。

鍠牙は炎玲が見ている方を向き、宙を睨んだ。

「……何かいるのか？」

声を低めて問いただす。しかし、何もないその空間には風が吹き抜けるだけで、答えを返す者は誰もいない。

鍠牙がしばしその空間を睨んでいると、炎玲は泣き止み、続けて火琳も泣き止んだ。

「ああ、泣き止んでくれてよかった。何か怖い夢でも見たのか？　お父様が夢の中に入って守ってあげような」

そう言ってゆすると、腕の中の双子は同時にきゃっきゃと笑い出した。

胸が詰まるような思いがして、笑み崩れ……そこで急に周りの景色が回り出した。

「な……え……」

中途半端に声を漏らしながら、その場に座り込んでしまう。

世界がぐるぐる回っている。何だこれは……

「ああ、やっぱりこんなことになると思ったわ」

やれやれと笑いながらやってきたのは玲琳だった。

「姫……」

「お前はもう少し自分を顧みた方がいい」

そう言うと、彼女は近づいてきて鍠牙の目を手で覆った。

「いいかげん寝なさい」

視界が暗くなると、たちまち意識が遠のいた。


愛しい泣き声が聞こえ、焦燥に駆られて鍠牙は目を覚ました。

自分の部屋の寝台に寝かされている。慌てて飛び起きると、すぐ傍に玲琳が立って、双子を重たそうに抱えている。母に抱かれた子供たちは、人さらいにでも遭ったかのように泣きわめいていた。

「ああ、起きたわね」

ふふっと笑いながら玲琳は鍠牙を見下ろす。

「……火琳、炎玲、お父様のところにおいで」

鍠牙はいささか頭が回らないながらも必死に手を伸ばした。

「もっと寝ていてもいいのに」

玲琳は苦笑しつつ、鍠牙の手に双子を渡した。

鍠牙が抱きしめてやると、双子はたちまち泣き止んで、泣き疲れたのか眠ってしまう。その寝顔を見て鍠牙はほっとする。

「分かるのでしょうね……お前だけが命がけで自分たちを守ってくれる存在だということが」

玲琳は寝台の端に腰かけて言った。

「……あなただってこの子たちを守るだろう？」

「ええ、もちろん」

玲琳は己の胸を押さえて即答する。鍠牙はふと不思議に思った。

「あなたは……平気なのか？」

「何が？」

「子供たちに嫌われて」

ズバリ言ってしまう。玲琳は目を丸くしてぱしぱしとしばたたいた。

「俺なら耐えられない。死にたくなる」

すると玲琳は呆れたように笑った。

「私は好かれるために子を産んだわけではないし、嫌われたから子を愛せないということもないわ。ただお前の子だからほしかったのよ。生まれてきてくれただけで上等。死ぬまで嫌われたところで痛くもかゆくもない」

平然と断言した彼女に、鍠牙は感嘆の吐息を漏らした。

「あなたは……変わらないな。嫁いできた時からずっとそうだ」

「そう？　少しは成長したつもりだけれど？」

と、玲琳は軽く袖を振る。確かに彼女は嫁いできた時に比べて格段に大人びた。美しくなった。しかし、それでもその内側にあるものは何一つ変わらず、輝きと悍ましさを失うことはないのだ。

「……俺は変わってしまったな」

ぽつりと零す。

「変わった？　お前が？」

玲琳は怪訝に鍠牙の姿を上から下まで眺める。どこが変わったのかとその視線が言っている。

「世界など……滅べばいいとずっと思っていた。人間など、一人残らず死に絶えればいいと思っていた。そうすれば、俺も死んでいいだろうから……。だが……今はもう、そんな風に思えない。この世はこんなにも綺麗で、人の命は大切なものだ。何を見てもそう感じる。俺はもう、この世界を失いたいと思わない」

そう、告げる。致命的なことを言っている自覚があった。自分の中から彼女の求める毒はもう、失われてしまったのかもしれない。こんな自分に、彼女はもう、見向きもしないかもしれない。しかしそれでも、鍠牙はこの世界が、人々が、どうしようもなく大切だった。

「俺はあなたの望まないものに変わってしまった」

真剣な顔でそれを聞いていた玲琳が、わずかに眉をひそめた。しかし、すぐにふっと笑う。

「たいした問題ではないわね」

「何故？」

鍠牙は聞き返す。彼女は鍠牙の毒を求めているはずだ。なのに、たいした問題ではないと？

すると玲琳はゆったりと手を伸ばしてきた。鍠牙がよく分からないまま、子供たちを落とさないように手の先だけを差し出すと、玲琳はその手をつかんで口をつけた。痛みが走り、指先を嚙まれたのだと分かる。滲む血を舌で舐め取り、彼女はうっとりと微笑む。

「毒の化生が人になれるなどと……愚かな話だわ。けれど、夢を見るのは誰しも自由よ。お前がまともな人間になれると思いたいなら思えばいい」

それは……答えのようでいて答えではなかった。鍠牙が納得できずに彼女を見ていると――

「さて、私は毒草園の手入れをしてくるわ」

立ち上がり、部屋から出て行こうとする。その後ろ姿を見て、鍠牙はふと思った。

「姫、王宮におかしなものが入り込んでいないか？」

「なんですって？」

玲琳はくるりと振り返る。真剣な鍠牙の顔を見てしばし考え込み、にやと笑う。

「お前は蠱師でも何でもないくせに……案外勘がいい。これが父親の感覚というものなのかしらね」

「やはり何かいるのか？」

「心配することはないわ。この王宮には私がいるのだから」

そう言って、玲琳は今度こそ背を向け部屋から出て行った。

やはり何か……いるのか……？

鍠牙はしんと静まり返った部屋の中に目を凝らす。しかしそこには何の姿も見えなかった。

廊下を歩きながら、玲琳は真顔で考え込んでいた。

あれは毒だ……毒の化生だ……まともな人間になるなどありえない……玲琳はそう思っている。だが——実際、今の彼はごく当たり前に存在する親のようだった。

彼の言葉は玲琳にとって、衝撃ではあったのだ。

人が嫌いで、世界が嫌いで、自分が嫌いで、玲琳のことだけが好きだったはずの鍠牙が……世界を、許した。これは少なからず衝撃的なことだった。

彼が本当に毒を失ってしまったら……当たり前のように玲琳の愛を求めるようになったら……自分にとって彼は、どういう存在になってしまうのだろう？

王であり夫であり子の父であるだけの男に、自分はなにがしかの感情を抱くことができるのだろうか？　……想像もつかない。

「子というのはこんなにも人を変えてしまうものなのね……」

玲琳は歩きつつ呟いた。

そこでふと、立ち止まる。

気配がする……

「……いるの？」

密やかに問いかける。視線を巡らせる。けれど、何も見えない。思わず唇を噛みしめる。きつく嚙みしめ、ややあってふっと笑った。

「子とは、親とは、血とは……本当に厄介で強固で恐ろしい絆だわ」


その夜は、妙に生ぬるい風が吹いていた。

夜泣きをする子供たちをあやし、鍠牙は庭園を歩いていた。

他の誰にもできないことなのだと思うと、夜中歩くことも苦ではない。かつて玲琳と出会う前、毎晩痛みに苦しみ続けた時に比べれば、むしろ心地いい喜びだ。

池のほとりを歩いていたその時、炎玲がもぞもぞと目を覚まして闇夜を見上げた。途端、炎玲は怯えたように泣き出した。それにつられ、火琳も泣き出す。

「いったいどうしたんだ？」

鍠牙は夜空を見上げて気が付いた。そこには一匹の大きな蛾が飛んでいた。極彩色の大きな蛾はとても普通の虫に見えず、蠱術のために生み出されたものに違いないと鍠牙はすぐに分かった。この庭園には玲琳の生み出した蟲が無数に存在する。その内の一匹が現れたからといって、驚くには値しない。

「やあ、お前も姫のしもべか？　俺の同類だな」

気軽に話しかけたその時、ズキンと頭が痛んだ。その痛みは鍠牙にとってよく知っているものだ。体の中に仕込まれた玲琳の毒蜘蛛が暴れている痛みだ。

警戒……している……のか？

鍠牙ははっとして蛾と距離をとった。

しかし蛾はひらひらと夜空を舞い、近づいてくる。

炎玲がますます泣きわめいた。

すると、辺りの木々の間から、ざわざわと不吉な物音がした。見ると、そこかしこからぞろぞろと、玲琳の蟲たちが現れたのである。数えきれないほどの蟲……鍠牙はさすがにぎょっとした。

子供たちの泣き声に反応するかのように、蟲たちはざわざわと集まってくる。

これは……まずいことが起きる気がする。

鍠牙の中で警鐘が鳴った。

子供たちをきつく抱きかかえ、この場から離脱すべく走り出す。すると、蛾は鍠牙の背を追って飛んできた。そして、玲琳の蟲たちがその蛾に襲いかかる。蛾は蟲たちの攻撃を避けながら鍠牙を追いかけてくる。

鍠牙は全速力で庭園を逃げまどった。

足の速さと体力にはそれなりの自信がある。玲琳を担いだまま駆け回ることも多い。しかし、何故か今日は足がもつれ、いつものように速く走れない。

疲れているのか……？　そんな自覚はないが……

それでも鍠牙は必死に走った。子供たちは更に泣く。通りかかる草むらの間から、その声を聞いて次々に蟲が現れる。

「何が起きてるんだ！」

思わず叫んだ。そこで――

「止まりなさい」

玲瓏(れいろう)な声が響いた。鍠牙がその声に従い立ち止まると、背後では蟲たちも動きを止めていた。

玲琳が静かに歩いてきて、鍠牙の前に立った。玲琳の目は、空を飛んでくる大きな蛾に据えられていた。

「へえ……あなた、そんな姿をしていたのね。こちらへいらっしゃい」

玲琳は優雅に手を伸ばした。蛾はひらりひらりとやってきて、玲琳の腕にとまった。

「見ていらっしゃるのでしょう？　おばあ様？」

玲琳は蛾の瞳に向かって話しかけた。

「おばあ様……？　月夜殿か!?」

鍠牙は子供たちを庇うようにしながら問いかける。

玲琳は振り向いて一つ頷いた。

「この子たちが生まれてから、おばあ様がずっと見ていたようよ。いくら捜しても姿を見つけることができなかったのだけれど……ようやく現れたわね」

その言葉には確かな敬意とかすかな悔しさのようなものが滲んでいた。

「月夜殿が何故？」

「蠱毒の里の次期里長が子を産んだのだから、気にならないはずはないわ」

「まさか……この子たちに蟲師の才があるというのか?」

「ええ、そのようね」

あっさりと答えられて鍠牙はいささか狼狽えたが、考えてみればそれは当たり前のことだった。

「そうか……お前は蟲師になるんだな、火琳」

鍠牙は泣いている娘を見下ろした。この幼子(おさなご)に冠されれば、蟲師という言葉も愛らしく美しい響きを持つように思えた。しかし――

「いいえ、火琳ではないわ」

玲琳は首を振ってそう言った。

「え? 火琳じゃない?」

「ええ、この子たちはおばあ様の蟲の気配を感じて怯えていたの。蟲師はね、赤子のころ蟲を恐れることがままあるのよ。それだけ感覚が優れているということなの。蟲に気づいていつも先に泣いていたのは……炎玲よ。炎玲は蟲師だわ」

言われ、鍠牙は今度こそ度肝を抜かれた。

「……なんだと?」

「おばあ様は火琳にどの程度蟲師の素質があるか確かめたかったのでしょうね。だけど、火琳に蟲師の才はないわ。蟲師の力を受け継いだのは炎玲。おばあ様にそう伝えなさい」

玲琳が命じると、蛾はひらりと再び宙に舞い、ひらっひらっと独特な羽ばたきを見せて飛んでいった。

いつの間にか、赤子たちは泣き止んでいた。玲琳をつぶらな瞳で見つめ、初めてきゃっきゃと笑い、母親に手を伸ばした。

「あら……私がお前たちを守る蠱師だとようやく分かったの？　賢い子たち」

嬉しそうに小さな手を握る玲琳と対照的に、鍠牙は動揺していた。

「姫……炎玲が蠱師だというのは本当なのか？」

「ええ、本当よ」

「なんてことだ……」

「困る？　炎玲は世継ぎになるはずだったものね」

問われ、鍠牙は苦い顔になってしまう。

確かにそうだ……炎玲が自分の後を継ぐと、鍠牙は思っていた。その未来が閉ざされたのを感じ、いささか気持ちが重くなる。

「炎玲に仕事を教えてやる日が来るのを楽しみにしていたんだが……手取り足取り教えてやって、お父様すごいとか言われたりして……」

そんな日は来ないということだ。

「お前……一国の王が釣りのやり方を教えてやるような気軽さで言うわね」

「王も漁師も大して変わらんだろうよ。釣るのが人か魚という程度の違いだ」

深々とため息を吐く。

「ならば火琳を世継ぎにすればいいわ。火琳には蠱師の才がないのだから」

「何だと!? そうか……その手があったか……!」

玲琳の提案に、鍠牙は目の覚めるような思いがした。

それは確かに……素晴らしい考えではないか。娘に自分の仕事を教えてやれるなど、こんなに嬉しいことはない。

「いや、だが……俺のこういう考えは良くないな」

そこで急に鍠牙は自分の思考を停止させた。

「ついつい自分の都合ばかり考えてしまう。この子たちが望むようにさせてやりたい。この子たちがなりたいなら、王だろうが蠱師だろうが漁師だろうが何にでもなればいいんだからな」

早まった自分の思考を反省する。

「私は炎玲を蠱師にするわよ。男の蠱師は貴重で価値がある。それが嫌なら私を倒して自立すればいい」

玲琳は平然と恐ろしいことを言った。蠱毒の里の次期里長である彼女を倒すなど、よほどの蠱師にならなければ不可能ではないか。

「姫、子には好きなことをさせてやるべきだ」

鍠牙は抱いている双子を彼女に見せた。いつの間にか眠ってしまった子供たちは、愛らしい寝顔を見せている。

「この子たちが生まれて俺は初めて気が付いた。この世界は美しく、人には価値がある。滅ぶべきではない大切なものだ」

鍠牙はまたそのことを口にした。

「俺はこの子たちに、欲しいものを欲しいだけ与えてやりたい。宝玉がほしければ宝玉を、国がほしければ国を与えてやる。気に入った人間は好きなだけ召し出してやるし、気に食わない人間は一人残らず殺してやろう。この世の全ては火琳と炎玲に与えるために存在している、この子たちの所有物だ。この世は蛆(うじ)の湧いた塵屑(ゴミクズ)なんかじゃない。この世界には素晴らしい価値がある。火琳と炎玲に利用されるという素晴らしい価値が。この世界はこの子たちの、玩具で、道具で、餌で、奴隷だ。本当に素晴らしい。そのことに、俺はこの子たちが生まれて気がついたんだ。だから姫、この子たちの人生はこの子たちに選ばせてやりたい」

真摯に告げたその途端、玲琳は目をまん丸くして——笑い出した。

「あはははは！　お前は！　何という馬鹿なの！　本当にくだらない……私はね、

馬鹿は嫌いよ」

なぜか嬉しげに笑いながら、彼女は鍠牙の頬に手を伸ばす。

「何だ？　当たり前の人の親になってしまった俺に、飽きたか？　なら、今すぐ殺してくれていい」

鍠牙が本気で告げると、玲琳は鍠牙の頬を撫でつつ危うい笑みを浮かべる。

「本気で言っているのね、鍠牙。この世はこの子たちのために存在する玩具だと、誇張ではなく心から思っているのね」

「当然だろう？　こんな冗談を誰が言うものか」

「お前は本当に……ろくでもない……三千世界を探しても見つからない、最高に魅力的な……猛毒だわ」

玲琳はそう言うと、心の底から嬉しそうに微笑んだ。

第四書　秋ノ怪文書

栄華を誇る女帝陛下に、忠実なる家来が恐ろしい話を謹んでお伝え申し上げます。

これは少し前のこと……火琳姫と炎玲王子が六歳の秋のことでございます。

女帝陛下にとっても玲琳様にとっても、友となってしまったあのお方のこと……


「お妃様！　お妃様！　大変ですわ！」

女官の葉歌が部屋に駆け込んできた。

自室の床に胡坐をかいて蟲と睨み合っていた玲琳は、悪い目つきのまま顔を上げた。

「どうしたの？」

「側室の方々がいらっしゃるんですって！」

「……側室？」

玲琳は怪訝な顔で後ろを見る。そこには懸命に玲琳の作業を手伝っている、側室の里里(りり)がいる。

魁国王楊鍠牙の後宮に入っているのは、正妃の玲琳と側室の里里、この二人だけのはずだが……

「そうじゃなくって、先王の側室たちですよ！」

「先王？ 鍠牙の父親の側室だった女たちということかしら？」

「その通り！」

葉歌は思い切り人差し指を立てた。

「側室たちは先王が亡くなった時に後宮を出て実家に帰ってしまったんですって」

そういえば、この王宮に嫁いでから先王の側室には一度も会ったことがないなと玲琳は初めて思い至った。かつてこの後宮に鍠牙の妹はいたが、その母である側室たちの姿は見たことがなかった。そもそもここに住んでいなかったということか……

それに気が付き、ぞわっと背筋が寒くなった。

この後宮で……おそらく夕蓮の傍に長くいたであろう側室たち。それが、この後宮から……夕蓮から……ずっと離れていた……？ 嫌な予感しかしない。

「その側室たちが何しに来るというの？」

「さあ？ 何しに来るんでしょうね？」

葉歌は腕組みして首を捻る。

「まあとにかく、もめ事を起こさないでくださいね。いきなり殺したりしちゃダメですよ！」

「だからお前は……私を何だと思っているのよ」

玲琳は鼻で強く息を吐き、女官の無礼を寛大に許した。


その夜、玲琳は鍠牙に尋ねた。

「先王の側室たちというのはどういう人間だったの？」

鍠牙は疲れた体を寝台に横たえて、一つ大きなあくびをした。

「側室としては普通の女たちだ」

「ふうん……？」

玲琳は寝台の端に腰かけて、夫の顔を見下ろす。

「彼女らが何故ここを訪ねてくることになったのか、お前何か知っている？」

「さあ、見当もつかんな。俺は彼女たちとそれほど親交があったわけじゃないし、もう何年も前に王宮を去っている人たちだ。覚えていることも多くはない」

玲琳は夫の言葉や口調や表情を観察する。

彼は何かを知っていて隠しているという風ではなかったが、いくばくかの不快さを体から滲ませていた。

「……夕蓮は、側室たちと仲が良かったのかしら？」

問いかけると、鍠牙は難しそうに眉根を寄せた。

「……むしろ、逆だ」

「逆？」

「彼女らはこの王宮で唯一、自分の意思で夕蓮から離れていった女たちだ」

「……へーえ！」

玲琳は意図せず感嘆の声を上げてしまった。

あの夕蓮から、自分の意思で離れた？　複数の側室に唯一という言い方も変だが、まとめて一塊（ひとかたまり）みたいな印象があるのかもしれない。

「夕蓮を恐れていたのか何なのか……父上が亡くなってすぐ、娘たちを置いて王宮を出て、それ以来一度も戻ってこなかった。それが今更何をしに来たんだろうな……」

鍠牙は剣呑に目を細めた。

「少し興味が湧いてきたわ」

「……あなたのお気に召すとは思えませんが？　姫」

「会って決めるわ。気に入ったらお友達になってもいい」

「お友達？　はは！」

鍠牙は可笑しそうに笑った。

「まあ会ってみればいい。ただ……側室たちがおかしなことを企んでここへ戻ってきたのなら、相応の処置はする」

「お前の処置とはずいぶんと手荒いのでしょうね」

「まさか、俺は優しい男だ」

「ふふ、嘘を吐くならもう少し真剣に吐きなさい」

この男のどこをさらえば優しさなどというものが見つかるのか、玲琳には見当もつかない。

「私が側室たちと仲良くしても、不機嫌にならないことよ」

「さあ、どうだろうな」

鍠牙はにやりと笑った。一連のやり取りで、いくらか機嫌は良くなったと見える。

これで側室たちに会うのも問題はないだろう。

さて……唯一夕蓮を拒絶できたという側室たちは、どのような女たちなのだろうか……？

玲琳はまだ見ぬ女たちに思いを馳せた。

先王の側室たちがやってきたのはそれから五日後のことだった。

その日は少し寒かった。秋風が吹きつける通りを縫って現れた三台の馬車から、三人の側室たちが降り立ち、後宮へと入った。

玲琳は、彼女らが通されたという客間へ足を運んだ。

「初めまして、王妃様」

後宮の客間にいた側室たちは、勝手知ったる我が家とばかりに堂々と椅子に腰かけくつろいでいる。三人とも四十代後半だろう。正妃だった夕蓮と同年代か……

玲琳は興味深く彼女らを観察した。玲琳が好きになるのはいつも同じ……毒の強い人間だけだ。あの夕蓮から離れおおせた人間とは、いかなる毒を有しているのか……

そして観察された側室たちもまた、座したままじろじろと玲琳を眺めまわした。

「まあ、この程度ですわよね」

一人がふんと鼻を鳴らした。高慢で冷たい態度の女だ。

「いけないわ、冬姫様。そんなこと言って……。仮にも斎の皇女殿下だもの、あまり悪く言うと鍠牙様にご迷惑が……」

優雅で金の匂いがする女が咎める。

「ですけど夏姫様、どう見てもこの程度でしょう？」

「まあ、たしかにそうだけれど……」

「うふふ……お二人とも王妃様に興味津々ですわね」

ふんわりと言ったのは、ふんわりとした雰囲気の女だ。

「興味なんかありませんわ、春姫様」

三人は好き勝手にしゃべっている。玲琳がしばしそれを観察していると、彼女たちはようやく立ち上がった。

「ご挨拶申し上げますわね、私たちは先王陛下の側室。ですが……私たちの名を覚える必要はありませんわ」

そう言って、冷たい態度の女は自分の胸を押さえた。

「私のことは冬とお呼びください」

「私のことは夏と」

金の匂いがする女が続いた。

「わたくしは春ですわ」

ふんわりした女が最後に言う。

「それは……名と違うの？」

玲琳は訝るように問いかけた。女たちは一様に首を振る。

「これは先帝の正妃、夕蓮様からいただいた綽名ですわ。夕蓮様は私どもを、冬姫、夏姫、春姫とお呼びになりました。本当の名など、一度もお呼びにはなりませんでしたわ。あのお方は私たちの名など覚えていないでしょう」

その言い方に、玲琳は何やら嫌な予感がした。

「そう……それで？　その冬と夏と春が、何用でここへ来たのかしら？」

「鍠牙様が妃をお迎えになり、世継ぎの君がお生まれになったと伺いましたので、様子を見に来たのですわ」

「今更!?」

玲琳は啞然とした。嫁いでからすでに八年以上経っているし、子らはもう六歳だ。それで今更？　どういうことだ？

しかもこの女は挨拶でも心配してきたでもなく、様子を見に来たと偉そうにのたまった。どう聞いてもどう見ても、好意的な態度とは思われない。

「まあ好きなように見なさい。隠す場所など何もないし、お前たちが望むなら危険な場所でも見せてあげよう。命が惜しくなければね」

玲琳が危うい笑みを浮かべたその瞬間、側室たちの表情が強張った。

玲琳はおや？　と思う。こういう時、蠱師の玲琳に大抵の人間は怯える。しかし、女たちの表情はいささか怯えと違っていて、それより深刻な重たさを感じさせた。命が惜しくなければ……彼女らはこの言葉に反応したのだ。

命を惜しむ事情でもあるのか……或いは命を惜しまずここへ来たのか……玲琳はしばし思案し、告げた。

「お前たちを歓迎するわ。好きなように過ごしなさい」


「お妃様！　あの人たちを何とかしてくださいませ！」

女官たちが訴えてきたのはそれからすぐのことである。彼女たちは珍しく玲琳の毒草園に押し入ってくると、そこにいる蟲たちを見て飛び跳ね、庭の端まで退避した。しかしそれ以上逃げることはせず、必死に訴える目を向けてくる。

「どうしたの？」

玲琳は日課である毒草の世話を中断して立ち上がった。

「あの側室たち……いったい何なんですの！」

「何かされた？」

あの態度だ。女官たちにも躾（しつけ）のなっていない言動をしたに違いない。

女官たちは拳を握ってぶるぶると震え、目に涙を浮かべている。

「あの人たち……お妃様の悪口を言うんですのよ！」

「え、私の？」

「そうですわよ！　斎の皇女にしては品がないとか！」

「王妃と思えないような薄汚い格好をしているとか！」

「変な薬の臭いがするとか！」

「蠱師だなんて気色悪くて吐き気がするとか！」

「そんな人間が王妃だなんてありえないとか！」

「さっさと追い出してしまいたいとか！」

口々に叫ぶ女官たちを見て、玲琳は呆気にとられた。

それは……一つ残らずぐうの音も出ない事実の羅列だが、だからといって本人に伝えることなのか……？　むしろ隠しておくのが心遣いというものではないのか。

しかし女官たちの口は止まらない。ギラリと恐ろしい目を上げる。

「お妃様！　あんな人たち、毒殺してしまっても構わないのでは!?」

構わないわけがあるか！　と怒鳴りたいのを堪え、玲琳はふっと笑った。

「お前たちが私を想ってくれているのはよく分かったわ」

「じゃあ、あの無礼な側室たちにお仕置きしてくださいますわね!?」

「仕置き……ねえ……」

玲琳は唸るように呟いた。

側室たちはそんな態度を取れば女官たちに嫌われることは分かっていただろう。そうなれば女官たちを管理する玲琳を敵に回すことになるし、蠱師である玲琳を敵に回すのは自殺行為だ。

　側室たちはただ見に来ただけというが、どう考えても何か他に目的がありそうだ。玲琳と敵対するためにここへ来たとでも？　まさか。そんなことに何の意味が？

　理解が追い付かずに考え込む。あまりおかしなことをされて、鍠牙を刺激されたりしても困る。しかし、あの夕蓮を退けた側室たちの生態に興味があるのも事実だ。とはいえ……実際接した彼女たち自身に、玲琳の心をくすぐる毒は感じられなかったのだが……

「分かったわ。私が直接話してみましょう」

「お願いしますよ！　いつもの調子で相手の心をへし折ってくださいまし！」

「居丈高に追い詰めて、二度と立ち上がれないように！」

「……私がいつそんなことをしたというのよ……」

　玲琳はため息まじりに呟いた。

　その夜、後宮では宴が催された。

　発案者は玲琳――ではなく、昼間泣きついてきた女官たちだ。

「お妃様の君臨する後宮がいかに素晴らしいかってことを、身の程知らずな古い女たちに教えてあげてくださいまし！」

などと、女官たちはびっくりするほど無礼なことを言った。

後宮の広間に大きな長い卓が置かれ、その長い一辺に三人の側室たちが座る。玲琳はその向かいに座り、そして玲琳の隣には鍠牙の側室である里里が座った。

卓にはずらりと料理が並び、楽の音が奏でられる。そんな中――

「そこの貧乏くさい娘はどこのどなた？」

里里を見るなり側室たちは蔑みの言葉を吐いた。控えている女官たちはざわつく。もうすっかり女官たちは側室たちを敵とみなしたらしく、その目つきは玲琳の蟲を見るより冷たい。

「これは私のそく……間違えたわ、鍠牙の側室よ」

「鍠牙様の側室？　まあ……なんて冴えない娘を側室にしたのかしら」

冬姫が信じられないというようにかぶりを振る。

「鍠牙様は女性のお好みが変わっていらっしゃるのでしょう」

くすくすと笑いながら、春姫が至極真っ当なことを言った。

「あなたいったいどこのご令嬢？」

夏姫が見下すように顎を反らして問いかける。

「姜家の里里と申します」

里里はいつもの無表情で淡々と答えた。蔑みの言葉など、まるで気にした様子がない。実際、彼女の心には波一つ立っていないだろう。

しかし、それを聞いた側室たちは、驚いたように口を閉ざした。

「……姜家のご出身でいらっしゃるの……」

ぽつりと言ったのは、ふんわり女——春姫だった。

「あの無知蒙昧（むちもうまい）無能役立たずの姜家！　どうりで冴えない女だこと！」

夏姫が追い打ちをかける。

「同席するなんて嫌ですわねえ。宴の格が下がりましてよ」

冬姫がふるふると首を振る。

そこでとうとう耐えきれなくなった背後の女官たちが、近くの水差しを振りかぶって側室たちにぶっかけようとした。しかし周りの衛士たちに慌てて止められ、事なきを得る。背後で行われた攻防に気づかず、側室たちは罵詈雑言（ばりぞうごん）を並べ立てる。

玲琳はじっとその様子を観察する。

何故、こんなにも姜家を攻撃するのだろう……姜家は夕蓮の生家だ。そこに関わっているのだろうか？

罵声の嵐を浴びた里里は、途中で飽きたのか箸を取って勝手に食事を始めた。この程度で心を揺らすような娘なら、玲琳は側室に迎えていない。

「ちょっとあなた！　聞いてらっしゃる!?」

腹を立てた冬姫が怒鳴った。

「……いえ、聞いていませんでした。お妃様に命令されていませんでしたので」

里里は感情が死んだような無表情で答える。側室たちは絶句する。

玲琳はそれを見て思わずぷっと吹き出した。

「お前は今日も可愛いわね、里里」

「……ありがとうございます」

やはり無表情を崩さない。

「ところで……」

と、玲琳は卓に両肘をついて手を組み合わせ、優艶に微笑んだ。

「少し気になっていたのだけど……秋がいないわ」

側室たちを順繰り見やる。冬と夏と春……秋がいない。

「ああ……秋はずいぶん昔に亡くなりました。あれは愚鈍で下劣な女でしたわ。名を連ねていたのは恥です」

答えたのは冬姫だった。

そういえば、先王の側室の中にはずいぶん前に死んだ者がいたなと玲琳は思い出した。娘を一人産んでいたはずだ。累（るい）という名の鍠牙の妹を。それが秋か……

「つまらないことをお気になさるのですね」

いささか馬鹿にした様子で夏姫は言った。玲琳はその無礼を受け流す。

「お前たちに興味があるの。お前たちの話を聞きたいのよ。お前たちはどうしてこの後宮を去ったのかしら？　ここでの生活は辛かった？」

途端、側室たちの表情が凍った。

「……先王の鍠龍様がお亡くなりになったんですもの。私たちがここに残る理由はありませんでしたわ」

冬姫がさっきまでの口撃など嘘だったかのような静けさで答えた。

「そう……お前たちは先王を慕っていたのね」

「もちろんですわ！　あんな素晴らしい方は他にいらっしゃいません！」

声を華やがせたのは春姫だ。

「ええ、あのお方はこの世にただ一人の特別なお方でした」

夏姫が同意する。

「鍠牙様より遥かに優れた、唯一無二のお方でしたわ」

冬姫がとどめを刺す。

それを聞き、彼女らの背後でまた女官たちが暴れ始めた。今度は熱々の汁物が入った椀を振り上げて、側室たちにぶっかけようとしている。衛士は必死に止めているものの、心中では女官たちに協力したい気持ちなのだろう。怖い顔で側室の後頭部を睨みつけている。

側室たちは知りもせず、またべらべらと悪口を並べ立てる。

「鍠牙様は鍠龍様と比べるといかにも頼りないですもの。あの方も所詮、あの程度ということですわよ」

「鍠龍様がお亡くなりになったなんて、今でもまだ信じられませんわ。いっそ鍠牙様がお亡くなりになった方がましだったんじゃないかしら」

そこでとうとう衛士たちが切れ、激昂した真っ赤な顔で剣を抜こうとした。今度はそれを女官たちが全力で止めている。

何だこの愉快な宴は……玲琳は自分がどこに座っているのか分からなくなってきた。薄布を隔てて芝居を見ているような……変な感じがする。

玲琳が混乱していると――

「ずいぶん楽しそうだな」

そう声をかけながら、鍠牙が広間に入ってきた。女官も衛士もほっとしたような気まずそうな顔で王を迎え、側室たちは冷ややかに微笑んだ。

「せっかくだからまぜてもらおうか」

鍠牙がそう言うので、女官たちは卓の短い一辺に席を作った。

「久しぶりだな、冬姫、夏姫、春姫」

その挨拶に、側室たちは込み上げてくるものを堪えるような表情を浮かべ、唇を噛んでそれに耐えていた。何か、訴えたいことを苦渋と共に飲みこんだような……そんな姿に見えた。

「お久しぶりですわ、鍠牙様。お元気そうで何よりです」

　春姫が全てを押し隠し、にこやかに答えた。

「ああ、ずいぶんと長いこと後宮を離れていたあなた方のことを、俺もずっと気にかけていたんだ」

　鍠牙は華麗に嘘を吐いた。

「後宮を去ったあなた方の決意は固かったようだから、俺もその意思を尊重して止めることはしなかったんだが……どういう心境の変化でまた後宮に？」

　彼は玲琳が聞いたのと同じようなことを聞いた。が、返ってきた答えは違っていた。

「実は私たち、かねてから鍠牙様のことを案じていましたの」

「何をだろうか？」

「鍠牙様には一人しか側室がいないと聞いていますわ。しかも、御子は二人しかおられません。もっと多くの側室を迎えるべきだと思いますの」

　それはさすがに想定外だったたか、鍠牙は面食らったように目をしばたたいた。

「御子がたった二人では心もとないでしょう？　六歳ではまだまだ何があるか分かり

ませんもの。ですから側室をもうけて多くの子をなすべきだと思いますのよ」

夏姫の進言に、周囲の女官と衛士は凍り付いた。息を殺し、目だけで王を見る。

魁国王楊鍠牙は公明正大清廉潔白明朗快活な賢君と名高いが……こと子供たちに関して、この王が決して寛容ではないことを彼らは知っていた。

その王の前でこの側室たちは、乱暴に意味を解釈すれば——子が死ぬかもしれないからもっと作れ——と言ったのだ。

「……良い提案だな」

鍠牙は薄い笑みで答えた。

全員がぞっとし、助けを求めるように玲琳を見た。

しかし玲琳は、鍠牙を見てはいなかった。玲琳はずっと、ただずっと……側室たちだけを見ていた。

「受け入れていただけますか？」

夏姫は怯むことなく微笑んだ。

玲琳はそこでようやく口を挟んだ。

「ねえ……お前は……お前たちは……夕蓮に会いたいとは思わない？」

側室たちの表情は一瞬揺らぎ、しかしすぐに平静を取り戻してみせた。

「私たちは後宮を去る時、夕蓮様にお約束していますわ。私たちは二度とあなたにお会いしない……と」

「どうして？」

「夕蓮様は私どもを気に入ってらした。ですから私たちは夕蓮様に酷くいたぶられていましたわ。あの方は私たちが苦しむ姿を喜んでいた。ですから私たちは、もうお傍にいられないと思いましたの」

この女の言葉に嘘はない——玲琳は瞬間的に察した。夕蓮が気に入った物をいたぶる性質があることを、彼女らはちゃんと理解している。それは実際彼女らが、そういう扱いを受けたからだろう。ならば逃げ出したところで何の不思議もない。そう……それをしたのが夕蓮という女でさえなければ……

「夕蓮は今、後宮の離れに隔離されているわ」

「ええ、伺っていますわ」

「けれど、出ようと思えばいくらでも、あの女は出られるのよ」

「ええ、そうでしょうね。あの方を閉じ込めておくことなど、この世の誰にもできるはずがありませんもの。あの方は……天が産み落としたこの世にただ一つの……化け物なのですから」

玲琳は瞠目（どうもく）した。この女たちは本当に、夕蓮という女の本質を理解しているのだ。

「ですがお妃様、そのようなことはどうでもよろしいの」

冬姫が凍てつく声で言った。

「穢れた蠱師と無能貴族の娘……王の後宮に侍る女がそれでは困るという話を、私たちはしていますのよ」

彼女は無理やり話を捻じ曲げ、元の話題に引きずり戻した。

「側室は必要ですわ。本当なら、蠱師の血を引く王子を跡継ぎにすることだってあり得ませんもの。いっそ廃嫡にするという手もありますのよ。私、父にその話をしようと思っているんですの」

冬姫はまくし立てた。女官も衛士も喉の奥で悲鳴を上げた。これ以上王を怒らせる言葉がこの世にあるとは思われなかった。

が――玲琳だけは落ち着き払っていた。途中から、この茶番劇が少しばかり面白くなっていたのだ。ちらと目を向ければ、鍠牙がこちらを見ていた。彼は玲琳の表情を見て何か察したのか、怒りの気配を消した。

「そうね……お前たちの言う通り、私という女は王妃に相応しくないのだと思うわ」

玲琳は目を伏せ、静かに告げる。

「お妃様！　何をおっしゃってるんですか！」

「約束通りガツンとやっちゃってくださいよ！」

周囲の女官たちが小声で叫んでいるが、玲琳はそれを黙殺した。

「分かっていらっしゃるなら、側室をお認めになりますわね？」

冬姫はなおも言う。

「ええ、お前たちの提案は素晴らしいと思うわ」

「……王子殿下を廃嫡にした方が……」

「いいわね、あの子は元々王位に興味がないのよ。相応しい者は他にいると思うわ」

そこでとうとう側室たちは絶句した。

「お前たちは国と王と後宮のことをよく考えてくれていて、本当に立派だと思うわ。ぜひお前たちの意見を参考にしたいと思う」

玲琳はにっこり笑って言い切った。

「おや、どうしたの？　浮かない顔ね。私はお前たちに不都合なことを言ったかしら？　おかしいわねえ」

卓の上で組み合わせた手の上に顎を乗せる。

「私はお前たちの存在にさほど興味がない。だけど……お前たちが何をしようとしているのかには興味がある。その本心を……今この場で言った方が、私を敵にせずに済むわよ？　先王の側室であるというだけの理由で、私がお前たちに優しくしてやるなどと思うのはおやめ」

妖（あや）しく囁きかける。ゆったりとした沈黙が、広間の隅々にまで広がってゆく。

その沈黙を破り、冬姫が立ち上がった。

「不快ですわ」

目を吊り上げ、玲琳をきつく睨んでいる。

「それが客人に対する態度ですの？　私たちは先王の側室で、みな生家は名のある貴族ですわ。だというのに、この仕打ちは無礼が過ぎましてよ！」

椅子を蹴飛ばすようにして、冬姫は席から離れた。夏姫と春姫がそれに続く。

「失礼しますわ。この借りは必ず返しますから、覚えておくことですわね！」

そう言って、三人は広間から出て行った。

「な……何なんですかあの人たちは！」

女官の一人が怒鳴った。カッカと頭に血がのぼっている様子だ。

「まともな貴人とは思えませんわよ！」

玲琳は一つ嘆息し、くっくと笑い出した。

「放っておきなさい。これでもう、お前たちに噛みつくことはないでしょうからね」

そう言ってやるが、女官たちも衛士たちも納得できない顔のまま、側室たちの出て行った出入り口を睨み続けていた。

「姫、成り行きが分からない。あなたは何をしたんだ？」

部屋に戻り、二人になると鍠牙は言った。

玲琳は首をかしげて考えをまとめ、端的に説明する。

「簡単なことよ。あの女たちは、私に喧嘩を売っていた。だから私は、それを買わずに投げ捨てた。それだけだわ」

「喧嘩を売っていた？ 蠱師のあなたに？ 何故だ？」

鍠牙は意味が分からないというように顔をしかめた。

「さあ？ 私にも分からないわ。あの女たちは何がしたいのかしらね」

玲琳は肩をすくめてみせる。

「ただ、聞いていたら分かったでしょう？ あの女たちは私を怒らせたかったのよ。お前のことも怒らせようとしていたね。たぶん、女官や衛士が怒っているのも気が付いていたでしょう」

さっきのやり取りを思い出す。彼女たちは必死に……本当に必死になって玲琳を怒らせようとしていた。

「いったい何のために？」

「分からないわ。ただ、私が少しも怒らないからずいぶん困っていたようね」

「姫……あなたは意地が悪いな」

「そういう私が愛しいのでしょう？」

玲琳は長椅子に腰かけ、優雅に微笑んだ。

「……あなたに喧嘩を売るなんて、裸で戦場に飛び込むくらい無謀だ」

鍠牙は軽口を叩き、難しい顔で黙り込んだ。

「どうしたの？」

「……俺が知っている彼女らは、ああいう人たちではなかったがな」

「へえ？　どういう人たちだったの？」

問われて鍠牙はしばし考え込み——答えた。

「……普通の女たちだと言っただろう。普通の……主に忠実な影だった」


「何なのかしら……あの王妃様は」

冬姫は悔しげに爪を噛んだ。

「私たちの挑発にあの対応だなんて……」

夏姫が険しい顔で考え込む。

「お二人とも、無理はなさらないでね」

春姫が気づかわしげに言った。

「大丈夫ですわよ。お妃様があゝいう態度を取るなら、こちらにだって考えがありますわ。何もお妃様一人を標的にする必要はありませんもの」

「そうですよね、冬姫様。そもそも私は少し思ったんですけど……あのお妃様、ヤバくないですか!?」

「ヤバい！　あれはヤバい！　ヤバすぎですわよ！　私、怪物を相手にしてるのかと思ってしまいましたわ！」

　冬姫と夏姫は同時に震え上がる。春姫が、心配そうに二人の手を取った。

「本当に無理だけはなさらないで。お二人に何かあったら、わたくし耐えられませんわ。あの恐ろしいお妃様に万が一にも命を狙われるようなことがあったら……」

「いいえ！　春姫様、諦めちゃダメよ。あんな怪物に真っ向から立ち向かう必要なんかないわ。ちょろいところをつつけばいいの。女官でも衛士でも構わないわ。突破口は必ずある」

　夏姫は春姫の手を握り返す。そして冬姫も。

「その通りですわ。つけ入るところはいくらでもあるはずですわよ。この王宮を、めちゃくちゃにしてしまいましょう」

「冬姫様……夏姫様……わたくしのためにありがとう」

　春姫ははらはらと淡い涙を零した。

「いいんですのよ。私たち、共犯者でしょう?」

「そうよ、他の誰が理解しなくたって、私たちはあなたの味方よ、春姫様」

そう言い合った時、客間の扉が小さく開いた。三人が同時に振り向くと、扉の隙間から幼子の顔が三つ覗いている。

「まあ……どなた?」

春姫がしゃがんで幼子に問いかけた。

すると幼子は更に扉を開き、三人並んでてくてくと中に入ってきた。

「火琳よ」と、少女が胸を張って名乗る。

「炎玲です」と、少年がぺっこり頭を下げる。

「……青徳」と、もう一人の少年が警戒心を纏わせて零す。

「まあ……王女殿下と王子殿下ですわね? もう一人のあなたは……」

「青徳は私たちの弟みたいなものなの」

火琳と炎玲は、青徳と名乗った少年を守るように両側に立ち、彼の手をしっかと握った。

それを見て、春姫は顔をほころばせた。

「初めまして、皆様。わたくしたちは先王陛下の側室ですわ」

しゃがんだまま胸に手を当てて答える。そんな春姫を幼子たちはじいっと観察する。

「ふふふ、可愛らしい……ねえ？　冬姫様、夏姫様？」

　春姫は嬉しそうに振り返る。すると冬姫も夏姫も嬉しそうな顔になった。

「ええ、お可愛らしいこと。娘の小さかった頃を思い出しますわ」

　冬姫は感慨深そうに頷いた。

「三人ともこちらへいらして。お菓子を召し上がる？」

　夏姫が卓の上にある菓子の皿を手に取る。

「お菓子より、お話が聞きたいわ。ねえ、おじい様のお話を聞かせてくださらない？　私たち、おじい様には一度も会ったことがないの」

　火琳はつぶらな瞳で乞うた。

「まあ……そうですわよね。鍠龍様はずいぶん前にお亡くなりになりましたものね」

「いいですよ、お聞かせしましょう。お座りになってください」

　冬姫と夏姫が幼子たちを誘って長椅子に座らせた。冬姫と夏姫が三人を挟んで腰かけ、春姫は床に座って彼らの顔を見上げた。

「では、鍠牙様が小さい頃、鍠龍様とかくれんぼをした時の話を教えて差し上げましょうか？」

「え、なあにそれ。聞きたいわ」

　火琳と炎玲の目が輝く。

「ふふ、あれは鍠牙様が五歳の頃……」

「私たちがこの後宮に慣れたばかりの頃……」

側室たちは口々に語る。その昔話を、双子は興味津々で聞いている。

そうして話が尽きた頃、火琳はにこにこ笑いながら側室たちに言った。

「ねえ、一緒にお外へ遊びに行かない？」

「お外？　お庭のことですの？」

「ううん、違うわ。街へ出てみない？」

それを聞いて側室たちは目をまん丸くした。

「まあ……本気で言ってらっしゃる？」

「本気よ。私たち、ずーっと王宮の中で退屈なの。だからお願い。私たちをお外へ連れて行って」

「鍠牙様に怒られてしまいますわよ？」

「平気よ。お父様は私たちを怒ったりしないわ。お前たちなら、自由に出入りできるんでしょう？　私たちを隠して連れて行ってちょうだい」

火琳はしつこく懇願する。

すると側室たちは素早く視線を交わし、瞬間的な意思疎通を図った。

「……分かりましたわ。それじゃあ明日、もう一度この部屋へ来てくださいますか？

そうしたら、私たちがあなた方を外へお連れしますわ」

冬姫がにこやかに告げると、火琳はぱっと顔をほころばせた。

「分かったわ、じゃあ明日ね」

上機嫌になり、お菓子も食べて眠くなってきた幼子たちは客間を出て行った。

残された側室たちは顔を見合わせる。

「……願ってもないことですわ」

「ええ、本当に。これは千載一遇(せんざいいちぐう)の好機よ」

「ですが……いいのでしょうか？」

戸惑いを見せる春姫に、残りの二人は厳しい目を向ける。

「手段は選んでいられないわ。これでいきましょう」

「決まりですわね。王子殿下と王女殿下を……誘拐しますわ」

冬姫がはっきりとその言葉を口にすると、夏姫と春姫はごくりと唾を呑んだ。

「これで王宮は大混乱。きっとみなが困るはずですわよ」

「ええ、必ず上手くいくわ」

「覚悟を決めましたわ。わたくしたち……正真正銘の共犯者ですわね」

三人は固く手を握り合い、決然と頷いた。

「火琳、本当にいいの？」

廊下を歩きながら炎玲が問う。

「大丈夫よ」

「怒られない？」

「平気だったら」

「……しょうがないなあ。じゃあ、僕もお供するよ」

「当然でしょ」

そこで火琳と炎玲は、手を繋いでいる青徳を見た。

「あなたは外がまだ怖いでしょ？　だからついてこなくて大丈夫よ」

「そうだね、青徳はここにいなよ」

すると青徳はふるふる首を振った。

「……俺も行く」

「無理しなくたっていいのよ」

「行く」

「そう？　本当に大丈夫？」

すると青徳はこっくり頷く。三人並ぶと青徳が一番背が高く、左右に妹と弟を引き連れて歩いているように見えるが、本当は火琳と炎玲が彼を守っているのだ。彼はかってとてもつらい思いをして、とても悪いことをして、罰を受けるかのごとく全てを失った。そんな何もない少年を、火琳と炎玲は必死に守らねばと思うのだった。

「私たちが一緒にいないと寂しいの？　分かったわ。じゃあ一緒に行きましょ」

火琳が励ますように言うと、青徳はもう一度頷いた。

翌日の昼下がり、王宮の門から一台の馬車が出た。後宮を掻きまわして騒ぎを起こした先王の側室たちが、飽きたと言って街へ出かけたのである。女官や衛士はその馬車を忌々しげに見送ったがこれで静かになったと少しばかり安堵してもいた。

そして馬車は王都の繁華街へとたどり着く。

「さあ、着きましたわよ。どこか見たい場所はありまして？」

冬姫は馬車が停まると車内に積まれていた木箱を開けた。そこには三人の幼子が収まっている。

「私、色んなところが見たいわ」

火琳はぴょんと箱から飛び出し、そのままの勢いで馬車を降りた。炎玲もその後に続き、側室たちも馬車から出ると、車内の箱に青徳一人が残された。

青徳は箱のふちに手をかけて目を出し、まばたきもせず辺りを警戒している。

「青徳、大丈夫よ。誰もあなたに酷いことなんかしないわ。ほら、出ていらっしゃいよ。大丈夫だから」

「青徳、青徳、怖くないよ。僕と火琳が手を繋いでてあげるからね。怖い人が来たって、ちゃんと守ってあげるよ。だから怖くないよ」

二人が懸命に励ますと、青徳はじわじわと箱から出た。悪い目つきで外を睨み、彼は差し伸べられた火琳と炎玲の手を取ると、勇気を出して馬車から降りた。

暗い車内から眩しい外へ出た青徳は、ますます目つきが悪くなる。そんな青徳の手を、火琳と炎玲はしっかと握った。

「ほーらね、大丈夫でしょ？」

「ね？　なんにも怖いことないよ」

二人はにこにこと話しかける。青徳は険しい顔のまま小さく頷く。

そんな三人の幼子を、側室たちは微笑ましく見ていた。

「ふふふ、何て可愛らしいんでしょう」

春姫がほうっと甘やかな吐息を漏らす。

「ええ、本当に。それじゃあこのまま……しかと誘拐してしまいましょう」

冬姫が微笑みに決意を乗せて宣言した。

「さあ、どこへ行きましょうか？」

　話しかけると、幼子たちは同時に振り向いた。

「庶民の暮らしを視察するのも、上に立つ者の大事な仕事なのよね。だから庶民に紛れてお散歩やお買い物を楽しむのよ。そういうのって、すごく大事なんだから」

　火琳は得意げに言った。

「まあ、ご立派ですわ」

　春姫が、可愛くてたまらないというように微笑む。

「一番大事なのは食料事情よね。民がどういうものを食べてるか、ちゃんと知っておかなくちゃ。ね？」

「火琳、お腹すいたんでしょ」

「え、そりゃあ少しはすいたわよ」

「朝ごはんあんまり食べなかったもんね。屋台の食べ物久しぶりに食べられるから楽しみにしてたんでしょう？」

　炎玲が苦笑しながら言うと、火琳は顔を真っ赤にした。

「私は王女としての役目を果たしてるの！」

「うん、分かってるよ。火琳はいつも、がんばってるねえ」

　炎玲はにこにこと受け流した。

そのやり取りに、側室たちは笑ってしまう。

「じゃあ、何でも好きなものを買って差し上げますね」

夏姫が任せろとばかりに申し出る。

「あらそう？　じゃあお願いするわ」

火琳はおすまし顔で言い、歩き出した。

「私たちだって、時々街に出てるのよ。外のことなんにも知らないお姫様じゃないの。この通りの向こうにね、屋台や露店がいっぱいの市場があるわ。そこに行きましょ」

遠くを指さして先導する。

手を繋いで歩く幼子たちを、側室たちは見守りながら後に続く。

歩きながらも、青徳はすれ違う人々や物音を警戒し、辺りをびくびくと見回している。火琳と炎玲はそのたびに、大丈夫だよ怖くないよと言い続けていた。

何とも不思議な光景だ。一国の王女と王子が得体の知れない少年を大切に守ろうとしている。

そうして長いこと歩き、市場にたどり着く。

「ねえ、お饅頭がほしいわ」

火琳はキラキラと目を輝かせる。

市場にはたくさんの露店や屋台があり、そこには王宮より遥かに多くの料理や食材が並んでいるのだ。その中でもひときわ目を引く饅頭が山と積まれた屋台に、火琳はくぎ付けだった。

炎玲と青徳を引きずって、たったかたーと走ってゆく。

「美味(おい)しそう！　ねえ、肉饅頭が食べたいわ。三つちょうだい」

火琳は三本指を立てて店主に突き付ける。

「え？　おや！　これはこれは……火琳様と炎玲様じゃありませんか！」

店主は慌てて出てくると、道端で跪きそうになった。

「やめてちょうだい。そんなのはいいからお饅頭をちょうだいよ」

「お願いできるかなあ？　火琳はお腹がぺこぺこなんだよ」

炎玲が横から口を挟む。

「やや、そうでしたか！　好きなだけお持ちください」

店主はいそいそと饅頭を手渡した。

「いやあね、そんなにお腹すいてなんかないわよ」

言いながら、火琳は湯気の立つ饅頭を受け取ってほおばる。炎玲も青徳も同じようにもらった饅頭を、ちびりちびりと食べ始める。見れば辺りには、道端で食事をしている人たちや歩きながら物を食べている人たちもちらほらいる。それを眺めていた側室たちは、いささか場違いな装いでそそと屋台に近づいた。

「お代はおいくら？」

「まさか、いりませんよ」

「あら、いけないわ」

　反対したのは口元に饅頭のかけらをくっつけた火琳だった。

「お前の仕事にはそれだけの価値があるんだから、しっかりと受け取っておきなさい。なんなら、王宮に請求するといいわ」

「ひえ！　めっそうもない！」

　ぶんぶん首を振っている店主に、夏姫が代金を握らせた。子供たちはそれを見て安心したように饅頭をほおばった。


「お妃様！　火琳様と炎玲様のお姿がありません！」

　教育係の秋茗が、玲琳の部屋に飛び込んできた。

「何ですって？」

　床に寝ころんで毒の調合を計算していた玲琳は飛び起きた。

「側室の方々が街に出かけてから、お姿が見えなくなりました。あちこち捜したのですが、王宮の中でお二人を見かけた者はいません。それに、いつも二人と一緒にいる青徳もいなくなってしまいました」

　玲琳は座り込んだまま思案する。火琳と炎玲が今まで何度大人たちを出し抜いてきたか考えれば、部屋からいなくなることなど驚くにも値しないが、王宮から姿を消したとなると……

「もしや、あの女たちが三人を連れ出した？」

「だとしたら、これは恐ろしい犯罪です。王女殿下と王子殿下を許可もなく連れ出すなど、どんな罰を受けても文句は言えません」

「……あの女たちは、宴の続きをしたいようね」

　玲琳は獰猛（どうもう）な笑みを浮かべる。

「お妃様に喧嘩を売ったという無謀なあれですか？」

「ええ、私を怒らせたい……というか、王宮を混乱させたいような……」

「いったい何のために？」

「それが分かればこんなことにはなっていないでしょうね」

　玲琳は立ち上がる。

「陛下にお伝えして捜索隊を出しますか？」

「いいえ、鍠牙が怒りすぎるとよくないわ。それより……渦中の人に話を聞いてみた方がいい」

「渦中の人……とは？」

誰のことだか分からないようで、秋茗は眉をひそめた。

「夕蓮」

玲琳は端的に名を告げた。

「考えてみれば、夕蓮から解放されるような人間などいるわけがない。夕蓮から自分の意思で離れた人間が、自らここへ戻ってきて、おかしなことをやっている。どう考えても、夕蓮と関わりがあるに決まっている」

玲琳は夕蓮という女がそういう化け物であることを決して疑わない。

「当人なのだから、夕蓮には何か心当たりがあるはずよ。あの女たちが何をしたいのか……というね」

玲琳は立ち上がって部屋を出た。庭園の外れにある離れに向かう。

離れの前に長椅子を置いて、女がしどけなく体を横たえていた。椅子の手すりにもたれて、目を閉じている。のんびりと昼寝をしているのだろう。

「夕蓮、起きてちょうだい」

玲琳が呼ぶと、彼女は瞼をぴくぴく動かして、「ぐ～」などとほざいた。

「先王の側室たちが、いま後宮に来ているわ」

すると、夕蓮はぱっちり目を開いた。

恐ろしい美貌の持ち主だ。人の人生を数多狂わせてきた美しさと底なしの引力だ。魅入られてしまえばひとたまりもない。その先は地獄と分かっていても、近づかずにはおれない。そういう女だ。時の流れは彼女を置き去りにしたのだろう。五十に近づいているというのにとてもそうは見えない。

彼女が話を聞いていると見て、玲琳は先を続けた。

「それがどういうわけだか、突然やってきて後宮を引っ掻き回している。そして今日、火琳と炎玲を無断で王宮の外へ連れ出し、行方が分からなくなっているのよ」

そこで一旦彼女の反応を待つ。

夕蓮はしばしぼんやりしていたが、ややあってふわりと微笑んだ。人の魂を容易くとろかしてしまう微笑みだ。

「……困った子たちがいるのねえ」

「困った子たちというほど可愛らしいものではないけれど」

「あら、だってそうでしょう？　みんな困ってるんでしょう？　そうやってみんなを困らせる……困った子たち……でしょう？」

何故か、ぞくりと背筋が冷えた。全身をくすぐられるような危うい感覚……口の端に上る笑みを隠せない。自分はいま何か、彼女の中にある琴線に触れた。

「お前はあの側室たちと親しかったの？　名を与えたと聞いたわ」

「ええ、とっても仲が良かったわ。すてきな名前をあげたの。秋の子は……いなくなってしまったけど、他の子たちはずっと傍にいてくれるって信じてた。だから、後宮を出るって言われて悲しかったわ」

「あの女たちは何故後宮を出たの？」

玲琳は率直に聞いた。出て行った理由が分かれば、戻ってきた理由も分かるのではないか……

夕蓮は長椅子に腰かけたまま小首をかしげ、少しの間視線を伏せた。

「鍠龍様が死んでしまったから……ここにいるのが辛くなったのよ。あの子たちはそう言ってたわ」

「じゃあ何故戻ってきたの……？」

「さあ、どうしてかしらね……」

夕蓮はそう言って立ち上がった。そして両腕を優雅に広げる。抱擁（ほうよう）を乞うような仕草で彼女は微笑む。

「ねえ、私をあの子たちの所へ連れて行って」

「王宮の外へ？」

「ええ、それが私の役目だもの。困った子は……排除しなくちゃ……ね」

　一方繁華街では——

　火琳はぺろりと饅頭を平らげると、隣でもぐもぐやっている青徳の顔を覗き込む。

「美味しい？　あら、顎についてるわよ」

　自分の袖で青徳の顎を拭ってやる。

「もう、子どもねえ」

　とか言いながら、何やらお姉さんぶっている。

　側室たちは微笑ましくその姿を眺めていた。

「ああ美味しかった」

　饅頭を食べ終えた炎玲は満足そうに言い、手巾で自分の手を拭くと、ついでに青徳の手を持ち上げて拭ってやった。そしてまた青徳と手を繋いだ。

「じゃあ行こうか」

「そうね、行きましょ」

　火琳も同じように青徳の手を取り、幼子たちは再び歩き始めた。今度はさっきより速足で、人波をするすると抜けてゆく。

　側室たちは慌てて幼子の後を追いかけた。

「え？　お待ちになって！　速いですわよ！」

叫びながら追いかけるが、幼子たちは振り向きもしない。すばしっこく猫のように駆けてゆくのだ。側室たちは必死にその後を追いかけた。

市場を抜け、裏通りに入り、まだ追いかける。小さな背中だけを見て走っているうち、気が付けば妙に寂れた場所にいた。立ち止まり、辺りを見回す。幼子たちの姿は見えない。

ここはいったいどこなのか……今までに来たこともないような、うらぶれた街の片隅で側室たちは立ち尽くしてしまう。

「冬姫様、夏姫様、ここはいったい……」

春姫が怯えたように身を寄せる。

三人で固まり、緊張の面持ちでもと来た道を捜していると、冬姫がすれ違った男にぶつかった。

「きゃあ！　どこを見ていますのよ！」

声を荒らげてしまい、はっとして相手を見ると、人相も身なりも悪い男がこちらを睨んでいた。

「あんたこそどこ見てやがる。ああん？」

「ひいっ！　近寄らないでくださいまし！」

金切り声を上げる。

「はは！　なんでえ、どこの奥方様だよ。おら、謝罪にはそれなりのやり方があるだろうが」

「やめなさい！　冬姫様に近づくんじゃないわよ！」

「あっちへ行ってください！」

夏姫と春姫が必死に冬姫を庇う。その姿を見て、男はにやにやと笑い出した。

「あーあ、馬鹿ねえ。ああいう態度を見せたら、相手は楽しくなってからかってやろうかなって思っちゃうじゃないの。ここがどこだか分かってるのかしら？　泣く子も黙る裏街よ？」

通りの陰に身をひそめて側室たちのもめ事を眺めながら火琳は言った。

「たしかにねえ、堂々としてないと危ないよねえ」

炎玲がこそこそと囁く。

「ほんと、馬鹿みたいに思い通り。あの側室たち、自分から危ないところに突っ込んでいったわ」

「だけど火琳、いいの？　あの人たちはおじい様の側室だよ」

「あの女たち、お父様に新しい側室をとか、あなたを廃嫡にしてとか、色々言ってたの聞いたでしょ」

「……まあね」

宴に潜んで盗み聞きをしていたのは、きっと誰にもバレていないはずだ。あの瞬間、火琳は決めたのだ。

「あれってつまり、私から世継ぎの座を奪おうとしてるのと一緒よ。お父様を馬鹿にして、お母様を見下して、あなたを愚弄して、私を敵に回したわ。私はね、受けた無礼には仕返しするわよ。許すのが肝要？　いいえ、私はやるわよ。あの女たちを痛い目に遭わせて後悔させるわ」

昨夜の火琳がどれだけ怒っていたか知っている炎玲は、それ以上何も言わず姉の言葉に従った。

「まあ、あんまり大怪我させたら可哀想だから、みっともなく泣き出したら助けてあげるわよ。そうすれば、少しは自分の無力さってものが分かるでしょうからね」

火琳はふふんと笑った。その時――

「おいおい、お嬢ちゃんたち。ここで何やってるんだ？」

後ろから声をかけられ、幼子たちはいっせいに振り返る。そこには怪しげな風体の男たちが五人ばかり集まり、いかにも何か企んでいそうな目つきで三人を眺めまわしていた。

「こいつぁ上玉だぜ」

「こりゃあいい値で売れそうじゃねえか」

　そんなことを言う男たちを見上げ、炎玲はため息を吐いた。

「ねえ、火琳。自分たちも危ないかもって、少しは考えなかったの？　本当に時々考えが足りないんだから……」

「う、うるさいわね。逃げればいいんでしょ、逃げれば」

「そりゃあそうだけどさ。逃げられるかなあ……僕の蟲を連れてきてるけど、殺しちゃうかもしれないから……うーん……」

　炎玲は困った顔で考え込む。

「ほらほら、ちょっとこっちに来なよ。お菓子をあげるぜ」

　そう言って、男の一人が火琳の腕を捕まえた。

「ふん、誰が行くもんですか！」

　火琳が叫んだその時、青徳がぴょんと、跳んだ。少年の小さな体が宙に舞い、彼はつま先で軽く男の顎を蹴った。男はぐらんと体を傾がせ、地面に崩れ落ちた。

　残った男たちは愕然と立ち尽くす。

　火琳と炎玲も、呆然と青徳に見入った。外に出ることすら怯えていたあの少年が、まるで彫像みたいに冷たい目をしている。

青徳は再び跳躍し、次の男のこめかみを蹴った。男は棒っ切れのように倒れる。

青徳は再度地を蹴り、三人目の男に飛び掛かろうとして——

「ダメダメ！　待って青徳！　やめて！　この人たちは私と炎玲のお友達なの！」

火琳が慌てて叫ぶと、青徳はぴたりと動きを止めた。ゆっくり振り返り、不思議そうに眉をひそめている。炎玲がなだめるように青徳の手を両手で握った。

「ごめんね、青徳。説明してなかったから分からなかったね。この人たち、僕らの友達なんだ。ちょっとね、ごっこ遊びをしちゃっただけなんだ」

「……そうなんだ？」

「うん、だから悪い人じゃないんだよ。びっくりさせてごめんね。僕と火琳を守ろうとしてくれたんだよね？　ありがとうね」

にこっと笑いかけると、青徳はじっと炎玲を見つめ返し、こくんと頷いた。

「青徳……あなたって、強いのね」

火琳は未だ驚きに満たされたまま囁いた。

青徳は困ったように俯いた。

「おいおい、火琳嬢ちゃん炎玲坊ちゃん……こりゃあどういうことだよ」

倒される寸前だった男が警戒心満載で聞いてくる。

彼らは裏街にある妓楼の用心棒で、火琳と炎玲は少し前に彼らと知り合った。二人が頻繁に裏街を訪ねたがるので、襲われてもちゃんと逃げられる訓練と称し、彼らは二人を見るたびこうして人さらいの真似事をするのである。

「みんなごめんね。ちゃんと説明しなかった僕らが悪かったね」

炎玲が申し訳なさそうに言うと、男たちは警戒心を和らげて、仕方ねえなという顔になった。

「……蹴って悪かった」

青徳はぺこっと頭を下げて言った。そして、

「でも……次にやったらまた蹴る。火琳と炎玲に触るな」

と、続ける。

「あら、私たちのことそんなに心配してくれてるの？」

火琳はちょっと嬉しそうに笑った。男たちはとんでもない猛獣に出会ったような顔をして後ずさった。

そこで、放置していた側室たちが絹を裂くような悲鳴を上げた。

火琳と炎玲がぎょっとして陰からのぞくと、側室たちは絶叫しながらそこら辺に落ちているものを男に投げつけていた。

「悪手ね。本気で相手を怒らせちゃうわよ」

火琳は苦々しげに呟く。

「じゃあ、そろそろ助けようか？」

「……まだ泣いてないわね」

「火琳、もう許してあげなよ」

「嫌よ。泣き叫んで助けを求めてくるまで待つわ」

「火琳……」

弟の声に呆れた響きがこもるのを感じながらも、姉は意見を曲げなかった。


王宮から二頭の馬が外に出て、街を疾走する。その馬上にはそれぞれ女が跨っている。一人は玲琳……そしてもう一人は夕蓮だった。

二人は双子を攫った側室たちを追いかけようとしていた。玲琳の蝶をもっている双子の居場所を突き止めるのは簡単なことだ。

「お前が馬に乗れるとは知らなかったわ」

「あんまり乗ったことないの。だけど乗ると、いつもみんな優しく走ってくれるわ」

なるほど、たしかに彼女のためなら馬は最大限優しく走るだろう。

実際、夕蓮の乗り方はあまり上手に見えなかった。

「ずーっと昔ね……私は駆け落ちしたことがあるわ。こうやって馬に乗って……」

「……知っているわ」

　彼女は鍠牙の勉学の師と親しくなり、駆け落ちをしたことがあるという。

「だけど、途中でみんなに追いつかれて逃げられなくなっちゃった。後宮のみんなが私を逃がさなかったわ」

「……ええ、それも知っている」

　夕蓮がいなくなることを恐れた女官たちが、追いかけてきて駆け落ち相手を嬲り殺したのだ。

「だけどね、あの子たちは違ったの。あの中に、あの子たちはいなかった。あの子たちは私を追いかけてこなかった」

　あの子たち……それはあの側室たちのことだろう。つまり……

「あの女たちは、お前に執着していなかった……？」

　そんな人間が、この世にいるのか……？

　しかし夕蓮は微苦笑で首を振る。

「いいえ、私たちはとっても仲良しだったわ。とっても大切なお友達だったの。だから……あの子たちは私を追いかけてこなかった」

　ふと遠い目になる。

「鍠龍様が死んで、あの子たちは出て行く時に言ったわ。もう二度と会うことはないでしょうって……なのにどうして、戻ってきたのかしらね」

そう呟いたところで、馬はうらぶれた通りに差し掛かった。

玲琳は馬の足を弱め、あたりを見回す。その時女の金切り声が聞こえてきた。

夕蓮もそれを聞き、馬の足を止めた。危なっかしい動きで馬から下り、歩き出す。

ここは裏街と呼ばれる場所だ。怪しげな者たちがうろつく危険な場所だ。しかし裏街の住人たちは、一人の女を目の当たりにして己が何者であるかをすっかり忘れてしまったらしい。ただただ目を奪われて立ち尽くしている。絡んできたり、攫おうとしたり、脅したり……そんなことを企む者は一人もいない。女の前ではみな等しく無力な肉塊だった。

夕蓮は寂れた通りを静かに歩き、角を曲がってそれを見つけた。三人の側室たちが、男に絡まれて喚いていた。それを見て、夕蓮はくすっと笑う。

「おかえりなさい」

夕蓮の美しい声が裏通りに響いた。絡んでいた男は振り向き、意識を飛ばしたかのように固まった。

そして男に絡まれていた側室たちは、夕蓮の姿を見てその場に頽れた。顔を覆い、泣き出す。

玲琳は一連の成り行きを、黙って見守っていた。

やはり女たちは……夕蓮から逃れ得た者ではなかった。

「困った子はここね？」

とろりとした甘い声が彼女らに忍び寄る。夕蓮は微笑み、自分の髪に触れた。幽閉生活で身の回りの世話をする者もいない夕蓮は、髪を結わず黒く輝く滝のように流していたが、その髪には珍しく金細工の髪飾りがつけられていた。

「この髪飾りを覚えてる？　むかし鎧龍様がくださって、私がよくつけていたものなんだけど……久しぶりにあなたたちに会うから。どう？」

しかし側室たちはその問いに答えることもできず、幼い少女のように泣いていた。

「夕蓮様……申し訳ありません」

「ええ、あなたたちはもう私と会うことはないと言ってたものね」

「はい……申しました」

「私はねえ……後宮を守らなくっちゃ。困った子は消してしまわないといけないわ。鎧龍様と約束したんだもの。悪さしないで後宮の平穏を守る。その代わりに、いつか殺してくださるって……。鎧龍様は約束を守ってくださらなかったけど、私は守るわ。私はね、嘘を吐かないのよ。あなたたちはそれをよーく知っていたはずよね？」

「……はい」

「私を呼ぶために困ったことをしたの？」

「……申し訳ありません。私たちはあなたとのお約束を破ることはできませんでした。ですからあなたに会いに行くことはできませんでした。ですが……どうしてもあなたにお会いしなければなりませんでした。だから……」

「困ったことをした？」

「……はい、あなたの方から会いに来てもらうためだけに、私たちは王宮を混乱させました。どうか私たちをお許しにならないで……」

女たちは跪いた。

三人の女たちは、同じ日に先王の側室となった。

いずれ劣らぬ名家の娘であり、誇り高く教養のある女たちだった。

そして女たちは……彼女に出会ってしまったのだ。

王妃、夕蓮……その人に……

その衝撃をどう言い表したらいいのだろう？　とても言葉にはできない。

三人は夕蓮に一瞬で屈した。

夕蓮は優しい人だった。

三人に冬、夏、春の名を与え、慈しんでくれた。目もくらむような幸福感……その寵愛に恥じない側室であるべく、女たちは勤勉に仕えた。立派な側室たちだと誰もが言った。いいや、自分たちが立派なわけではない。ただ、あのお方の足元に侍る資格を得るべく必死だっただけだ。

その献身に応え、夕蓮も三人を可愛がってくれた。

三人はやがて王の子を産んだ。子供は愛おしかった。だって夕蓮が可愛い子供たちだと言ったから。自分は彼女に出会うため生まれてきたのだと……三人は思っていた。

「あなたたちの苦しむ姿が見たいわ」

時折彼女はそう言った。

「あなたたちが可愛いの。だから苛めたくなっちゃうの」

その言葉の衝撃……気を失うほど嬉しかった。

だけど、違うのだ。夕蓮が求めているものは違うのだ。

この世の誰も彼女と同じ場所で生きることはできない。たった一人違う世界にいる。彼女は究極的に孤独で、地獄のような退屈を持て余していた。

愚かな妾家は幼い彼女を退屈させたと聞いている。想像するだけで腹が立った。許しがたい……

下劣な男たちや女たちが……この世の全てが彼女を退屈させるのだ……

死だけが彼女を解放するのだと、気づいても三人には何もできない。

彼女に死を……？　無理だ。できるはずがない。この世の誰も、そんなことはできない。あの人を退屈と孤独から解放することはできない。

自分たちにできるのは、彼女の退屈をほんのわずかに埋めるだけ……

あの人を愛している……だから救いたい。あの人を愛している……だから殺せない。

その役割を与えられた息子の鍠牙ですら、何もできず無力を露呈している。

それを成しうる人間は……この世に一人だけだった。

国王楊鍠龍。彼は彼女の夫であり、彼女に触れることを許された唯一の男でありながら、夕蓮を愛さなかった。なんという素晴らしい方なのだろう……三人は感激した。心から敬意を抱いた。

彼といる時だけ、夕蓮は退屈と孤独から解放されていた。

彼こそが夕蓮を救うことができる、この世でただ一人の人……

美しい王妃と、素晴らしい王。なんという美しい光景……

あの王であれば、いつかかならず夕蓮を……

それなのに……鍠龍様は死んでしまった。

もう後宮にはいられないと、三人は悟った。

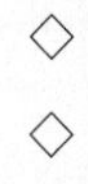

「どうかずっとお傍にいて……私たちから離れないで……そう言ってしまいそうな自分が怖かったのです。鍠龍様がいなくなった今、あなたを現世の退屈から解放することができる人間などこの世にはいません。それを喜んでしまいそうだったのです。だから……私たちはあなたから離れました」

　跪いた冬姫は言った。

「どうして？　私はあなたたちが傍にいてくれたら嬉しいわ」

「……いいえ、私たちは自分の娘をあなたの身代わりに仕立てあげようとした秋姫とは違いますわ。あなたのお心を少しも理解せず駆け落ちを邪魔した女官たちとも違います。ただ服従するだけの臣下たちとも違う。私たちは……あなたが喜ばないことはしないのですわ」

「……ならばどうして戻ってきたの？」

　聞いたのは玲琳だった。

　すると春姫が震え始め、冬姫と夏姫が彼女を守るように背を撫でた。

「わ、わたくしのせいなのです。わたくしは……病に侵されてしまいました。もう長くはないと……言われました。今ならば、あなたを共にお連れできるのではないかと……あなたをお救いできるのではないかと……そう思ったのです」

春姫は決意を込めた瞳を夕蓮に向けた。

夕蓮は、妙に空虚な瞳で彼女を見ていたが、ふわりと微笑んだ。

「だから困ったことをしたの？　あなたたちを排除するために私が動くと思ったのね。そこまでして私に会いたかったんでしょう？　うふふ……嬉しい。本当に私を一緒に連れて行ってくれる？　鍠龍様みたいに私を置き去りにしない？」

「はい……お供させてくださいませ……」

そう言って、春姫は手を差し伸べた。

夕蓮はふわりふわりと軽やかな蝶めく足取りで春姫に近づき、彼女の目の前にしゃがんだ。

春姫は震える手で夕蓮の首に手をかけ……しかしすぐに、その手はぱたんと落ちた。

「できない……できません……ああ……申し訳ありません。どうしても……」

春姫は泣き崩れた。

「わたくしは嘘を……できもしない嘘を言いましたわ。本当は、最後に一目あなたにお会いしたかったのです。冬姫様と夏姫様は、わたくしのその願いを叶えてくれようとなさった。わたくしは役立たずですわ……どうか……わたくしを許さないで……」

冬姫と夏姫は伏して泣きわめく春姫の背を優しく撫でた。

その姿を見ていた夕蓮は、いつものように美しく微笑んでいた。

「気にしないで。私は最初から分かってたんだから。あなたたちにはできないわ。そんなこと分かってたの。だから泣くことはないわ。あの人が約束を破った時に、私は諦めなくちゃいけなかったの。平気よ、こんな風に愛されて、私は幸せね」

裏通りに、赤い夕陽が差し込んできた。それは血のように赤く、夕蓮の白い肌を染め上げていた。


側室たちは、それからほどなく王宮を発った。

鍠牙は彼女らについていった幼子たちを叱り、厳しく罰を与えようとして、しかしごめんなさいの一言で許してしまった。

そして夕蓮は再び幽閉生活に……

誰もいない離れでいつも過ごす。けれど、特に寂しいとは思わない。

誰がいても誰がいなくても、夕蓮の心に大きな変化はない。

ただ、久しぶりに懐かしい子たちに会ったので、いつもと違う気持ちになっていた。

見張りの衛士に頼めば外へ出ることは簡単だ。夕蓮は外へ出て離れの周りを歩き回った。

池のほとりを静かに歩く。そういえば、昔この庭園を鍠龍と歩いたことがあった。

その時のことを思い出す。何気なく髪に手をやると、硬い金属の髪飾りに触れた。

何となくそれを手に取り眺めていると、風が吹いた。手が滑り、髪飾りが池に落ちた。とっさに手を伸ばすと足を踏み外してしまい、一瞬景色が回ったかと思うと冷たい水の中に体が投げ出されていた。

たちまち混乱し、もがく。夕蓮は一度も泳いだことがない。

もがく手に、金属の感触があった。髪飾りをつかんでいた。途端、落ち着いた。

自分は死ぬのだ。はっきりとそれが分かった。この髪飾りが……自分を殺すのだ。

夕蓮はもう、もがくことなく髪飾りを胸に抱きしめた。

そして次の瞬間――

「母上！」

怒声に呼ばれて水底から引きずり上げられた。

肌が空気に触れ、激しくせき込む。そんな夕蓮を、大きな手が池の岸に運んだ。

目を開けると、怖い顔をした鍠牙がいた。

「何を……していたんだ」

「ごほっ……ごほっ……ええと……落ちちゃった」

すると鍠牙は聞いたことがないくらい深いため息を吐いた。

「何をやってるんだ……」

「ごめんなさい」

謝りながら笑おうとすると……なぜか涙が零れてきた。

「母上……？」

鍠牙が怪訝な顔で見つめている。怒っているようにも見える。

夕蓮はふるふると首を振り、泣きながら微笑んだ。

「何でもないの。ただ……あの人が約束を守ってくれたのかもって……そんな夢を見ていただけなのよ」

寸書ノ三

国王陛下から、美しい髪飾りをいただいた。だから彼女は今日も……

それはとある日の夜だった。

「たまには妃に何か贈り物をしろと、みなが言うから用意した」

夫である魁国王楊鍠龍は、そう言って夕蓮にこの髪飾りを渡したのだ。

「実際用意したのは大臣だが」

余計な一言がついていた。

夕蓮は今までに数えきれないほどの貢ぎ物をされてきて、今更ほしいものなんて何一つなかったけれど、その髪飾りはあんまりにも美しくて、嬉しくなった。

妃となって早五年……庭園の池に作った東屋（あずまや）で茶会を開くのが日課だった。そこにはいつも側室たちを呼んで、楽しんでいる。彼女たちにも見せてあげようと、夕蓮はいつもと違う形に結った髪に髪飾りをつけた。

東屋には女官長が淹れた茶が湯気を立てていて、風が心地よく吹き抜けていた。

「似合う？」

夕蓮がにこにこ笑って問いかけると、側室たちはうっとりと見入った。お気に入りの、可愛い可愛い側室たち……夕蓮を愛し、心酔し、忠誠を誓ってくれる可愛い側室たち……

「お似合いですわ。夕蓮様のために生まれたような髪飾りですわね」

「陛下がくださったのですか？　陛下は本当に、夕蓮様のことを想っていらっしゃるのでしょう」

「夕蓮様のそんなお姿を見られるなんて……わたくし感激ですわ」

三人の側室たちは、三者三様に夕蓮を称える。

この側室たちに、夕蓮は冬姫、夏姫、春姫と名前を与えた。もう一人秋の名を与えた子もいるが、体調を崩しがちであまり会えない。

「このような素晴らしいお妃様に、私たちなどがお仕えしていていいのでしょうか？　いつももったいない気持ちになるのですわ」

冬姫は瞳を潤ませた。

夕蓮は愛おしさで胸がいっぱいになり、彼女たちに微笑んだ。

「冬姫様は、賢くてしっかり者で、みなを引っ張ってくれるでしょう？　私は頼りないから、いつも助けられてるの」

　冬姫に微笑みかける。

「夏姫様は世の中のことを何でもよくご存じで、気が利いて、無知な私をいつも支えてくれてるわ。あなたがいないと私は困っちゃう」

　夏姫に微笑みかける。

「春姫様は、お優しくていつも私を励ましてくださるもの。あなたが傍にいてくれると、私は心の底から癒されるわ」

　春姫に微笑みかける。

「みんな私の大切な人たちよ。あなたたちのこと、大好きなの。ずっと一緒にいてね。約束よ？」

　その微笑みに、側室たちは感極まって身を震わせた。ほとんど泣きそうになっている。というか、泣いている。

　夕蓮は嘘を吐かない。言った言葉は本当だ。夕蓮は彼女たちが大好きで、ずっと一緒にいてほしい。全部本当だ。実際彼女たちは優秀で頼もしくて、後宮を支えてくれている。だから夕蓮は、この場所を守らなくてはならなかった。

　しゃらりと金属の音がして、髪飾りが鳴った。夕蓮は頭に手をやり、その硬く冷たい金属に触れる。

「この髪飾りって、鍠龍様に似てるわね」

何となくそう思った。すると側室たちはうっとりと頬を染めた。

「夕蓮様は、本当に陛下と仲睦（なかむつ）まじくていらっしゃいますのね」

彼女たちにとって夕蓮は王の寵（ちょう）を争う敵であるはずなのに、どうしてだかいつもこうして夕蓮と鍠龍が親密なのを嬉しがる。

変な子たち……可愛い可愛い子たち……

「これをつけてたら、鍠龍様は喜んでくださるかしら？」

「もちろん喜んでくださいますよ」

彼女たちがそう言うので、しばらくつけていることにした。

しかし茶会を終えて部屋に戻った時――髪飾りは髪から消えていた。


「……ごめんなさい、鍠龍様」

その夜、夕蓮は鍠龍の部屋を訪ねてしょんぼりと謝った。

「何かしたのか？」

聞かれて、更にしょんぼりとする。

「髪飾りを……せっかくいただいたのに……なくしちゃったの」

もらったばかりだったのに……どこを捜しても見つからなかった。

すると鍠龍は、少しばかり安堵したように息をついた。

「なんだ、そんなことか。代わりを用意しよう」

淡々と言われ、夕蓮は頑(かたく)なに首を振った。

「いらないわ。鍠龍様にもらったのはあれだもの」

すると鍠龍は、少し面倒くさそうに嘆息した。

彼は物に執着しない。いや、何にも執着しない。

この国を守るためだけに機能する剣のような人だ。究極の無我である彼は、妻に執着することもない。

この世でただ一人、夕蓮に翻弄されない男……

「ちょっと座りなさい」

言われて、夕蓮は部屋の奥にある寝台にちょこんと座った。

「そこじゃない」

長椅子の方に呼ばれるが、夕蓮は寝台から動かずふるふると首を振る。

「まだ仕事が残っている」

「ぎゅってしてくれるだけでいいの」

「お前は謝りにきたのか？　それとも邪魔しにきたのか？」

冷たく聞かれて、夕蓮はじんわりと涙が出てきた。

「髪飾りをなくしちゃったから……怒ってる？」

「怒ってない。邪魔だとは思っている」

「やっぱり怒ってる……」

彼の声は低くてちょっと怖い。それがいつもより更に低くなっている。

どうしてなくしてしまったんだろう……あんなに大事にしようと思ったのに……

落ち込む夕蓮を見ていた鍠龍は、またため息を吐いて近づいてきた。

寝台に腰かけ、夕蓮を引き寄せて膝に座らせる。そしてぞんざいに抱きしめた。

「ごめんね」

「それはもういい」

「うん……」

「お前はいつも私の邪魔をするな。わざとか？」

「うん……わざとよ」

彼に嫌な顔をされるのが好きなのだ。ゴミを見るような目で見られたいのだ。だけど、今は怒らせたいわけじゃない。本気でごめんなさいと思っている。

鍠龍はまたため息を吐いた。深く動いたその広い胸に頭を預けていると、

「夕蓮、何か歌って」

と、彼は言った。

「何がいいの？」

「何でも」

夕蓮はよく、鍠龍の傍で歌を歌う。彼が夕蓮の歌を好きなことは知っている。いつも気持ちよさそうに聞いているから……

夕蓮は思いつくままに歌い始める。

鍠龍は、目を閉じて夕蓮の歌声を聞いていた。

一曲歌い終わると、彼は夕蓮を下ろして立ち上がった。

「仕事だ」

そう言って、部屋を出て行こうとする。

「ごめんね」

夕蓮はもう一度言って、彼の寝台に潜り込んだ。

それから数日後――夕蓮は東屋で一人せっせとお茶会の用意をしていた。いつも用意してくれていた女官長が、昨日急に故郷へ帰ったのだ。
支度が終わって側室たちを待とうと思ったその時、夕蓮の前にずぶ濡れになった鍠龍が現れた。

「どうしたの？」

夕蓮は目を白黒させて尋ねる。すると鍠龍は、手に握っていたものを差し出してきた。そこには先日なくしたはずの髪飾りが握られていた。花弁が何枚か壊れている。

「どうしたの!?」

夕蓮はびっくりして甲高い声を上げた。

「向こうの池に落ちていた」

「捜してくれたの？」

「……少し時間があったからな」

信じられない。彼はいつも忙しいのに……

「今度はなくすな」

そっけなく言い、夕蓮の手に髪飾りを握らせる。

「ありがとう……鍠龍様……」

夕蓮は壊れた髪飾りを頭につけた。

「似合う？」

嬉しくて嬉しくて微笑むと、彼は夕蓮を見つめ――

「夕蓮、女官長を殺したか？」

淡々と聞いてきた。

夕蓮はほんの数拍真顔になって、にこっと笑った。

「あの子はね、困った子だったから」

夕蓮が触れたものに嫉妬して、何でも壊そうとした。この髪飾りもそうだろう。彼女は近いうちに人を殺めていたと思う。たぶん、夕蓮といつも一緒にいる側室たちを……。だから夕蓮は、後宮の安寧を守らなくてはならなかった。

「あなたの淹れたお茶はもう飲まないって言っただけよ。そうしたら辞めちゃったの。あの子、死んでしまったの？」

小首をかしげて尋ねるが、鍠龍は答えなかった。

「ごめんね。私が……髪飾りをもらってただ喜んでいられるような……そんな普通の女の人だったらよかったのにね……」

にこにこと、夕蓮は微笑み続ける。

「髪飾り、ずっと大切にするわね」

国王陛下から美しい髪飾りをいただいた。だから彼女は今日も……

寸書ノ四

女はその後宮において、絶対的な信頼を得る薬師(くすし)であり、圧倒的な畏怖(いふ)と嫌悪を喚起する蠱師であった。

女は皇帝に見初(みそ)められ、数多の女がひしめく斎帝国の後宮に側室として入った。名を胡蝶(こちょう)という。

しかし胡蝶は決して美しい女ではなく、皇帝は彼女にたちまち飽き、その部屋に通うことはすぐになくなってしまった。残された胡蝶は、娘とともに皇帝の訪れを侘(わび)しく待ち続けていた……と、噂(うわさ)されている。

「胡蝶！　助けてくれ、胡蝶！」

叫びながら部屋に飛び込んできた男を見るなり、胡蝶はチッと舌打ちした。

現れた男は斎帝国の皇帝、李鵬來(ほうらい)。美しい妃たちの血の繋がりの果てに生まれた美しい男だった。

酒と女に溺れた暗君(あんくん)……誰もが彼をそう評する。そして――胡蝶の目から見ても、彼は間違いなくその評価に値する男だった。

「やかましく騒ぐな。口を閉じて出て行け。ついでに死ね」

胡蝶は自室の床に胡坐をかいて、あふれんばかりの毒草を目の前に並べながら酷薄に突っぱねた。

「そんなことを言わないでくれ！　魁国との戦の戦況が思わしくないんだ。ああ……このままだといずれ、敵が都まで進軍してくるんじゃないだろうか……そうなったら、私は首を刎ねられてしまう……私を助けてくれ……！」

鵬來は胡蝶に駆け寄り、跪いて膝に縋る。きつい酒のにおいが鼻をついた。昨日も今日も明日も、この男はいつでも酔っている。

「魁に戦を仕掛けたのはお前とお前の息子だろう？　もう何年もやり合っているようだが……自業自得という言葉を知らんのか」

「大臣の言葉に乗せられただけなんだ！　すぐに勝てるはずだと言われて……ああああ……何で戦なんか始めてしまったんだ……」

ガタガタと震えながらきつく縋られ、胡蝶はこの男を蹴飛ばしたくなった。

「魁はそんなに強いのか？」

「……国王の楊鍠龍は無類の戦上手だと聞いている。恐ろしい……」

「お前とは真逆の王か……」

支配者というのも国によってさまざまらしい。

「頼む胡蝶！　楊鍠龍を暗殺してくれ！　私を守ってくれ！」

「断る」

胡蝶は間髪を容れず断った。鵬來は鈍器で頭を殴られたかのような衝撃の顔でこちらを見上げてくる。

「きみは私が死んでもいいのか!?」

「私はそういうことをするためにお前の側室になったわけじゃない。そもそも、お前は国のために死ぬ覚悟があるんだろう？　だから私を側室にしたんだろう？　戦ごときにいちいち怯えるな、馬鹿者」

この皇帝は自らの愚昧を恥じて、賢いが母親の身分が劣る娘を帝位につけるため、自分と息子の暗殺を胡蝶に依頼した正真正銘の愚か者である。

しかしその愚か者の子を産むことを、胡蝶は願ってしまったのだ。一目見た時確信した。この男の子供を、自分は産むべきなのだと……。そしてその確信に間違いはなく、生まれた娘は胡蝶にとって誇りになった。

が――その種となった男は、誇らしさなど到底感じられない惨めな姿を目の前で晒している。人は美しければ立派に見えるというわけでもないのだと、胡蝶はこの男に会って初めて知った。

「そんなことは分かっているさ。それでも怖いものは怖いんだ。私を殺すのはいずれ娘がやってくれるんだろう？　何も今じゃなくていいはずだ」

「お前の馬鹿さ加減には恐れ入るな」

胡蝶はくっと笑った。

「胡蝶……きみは何て冷たい女なんだ……もっと私に優しくしてくれてもいいじゃないか……」

鵬來は恨みがましく言いながら、胡蝶の膝に顔を伏せた。

「そういうことは他の側室に求めるといい」

胡蝶は彼の頭をぱしーんと叩く。

「きみは私の寵を得ようと思わないのか？」

「いらないな。子はもう産んだ」

「酷い……なんて酷い女だ……先月新しく迎えた側室たちなど、夜ごと私を優しく癒してくれるというのに……」

「なんだ、また側室を迎えたか……って、側室たちと言ったか？　複数迎えたのか？今何人だ？」

「そんなもの、いちいち数えているはずないだろう。女などどこからでも蛆のように湧いて出るのだから、気に入ったのを無限に召し上げればいいのさ」

「はっ！　暗君の名に恥じないな、お前は」

呆れた胡蝶は、思わず獰猛な笑声を上げた。

「ああそうさ……私はそういう風にしか生きられないんだ。だから早く……早く娘を育てて私を……」

その先の言葉は喉が絞まったみたいに消えた。

「その覚悟があって、どうしてまともな皇帝になろうと思えないんだかな」

「そんな……そんな恐ろしいことはできない。今まで生きてきた自分を全部覆して、一からやり直すなどできるものか。そんな途方もない恐ろしいことはできない。一人で砂漠を掻いて泉を掘り出すような行為だ。そんなことができるなら、最初からこんな風にはなっていないよ。私にできるのはただ、全てを終わらせることだけだ」

言いながら、鵬來は胡蝶の体に腕を回して抱きついてくる。その体は無様に冷たく震えている。

この男を抱きしめてやることなど簡単だ。適当に優しいことを言ってやることもできるだろう。だが、その行為に何の意味が？　彼が自分に求めているのは、甘い安らぎなどより遥かに強く確かな救いだ。自分だけが、それを与えてやれるだろう。

悪い気はしない。

胡蝶はこの男を少しも愛してはいなかったし、夫だとも思っていない。ただ、この世で一番素晴らしく悍ましいものを二人して作り上げた同志である、という思いはあった。それは胡蝶と鵬來だけが知る秘密であり、それを分かち合う彼をそれなりに特別には思っていた。

「胡蝶……胡蝶……不安なんだ……今日はここに泊まっていってていいか？」

鵬來はゆっくりと身体を起こし、胡蝶の瞳を見つめた。端整な顔立ちに間近で見つめられ、胡蝶の胸中に湧いた気持ちは——邪魔だからさっさと帰れ糞馬鹿(くそばか)、ついでに死ね——というものだったが、はっきりそう言って追い出すのは少々哀れにも思えた。その程度の情はある。

「好きにしろ」

胡蝶はため息まじりに承諾した。

鵬來は時々……本当に時々……不安に耐えられなくなるとこうして胡蝶を求めてくる。酒でも女でも誤魔化せない恐怖を、それより遥かに強烈な何かで塗りつぶそうとするみたいに。

自分の存在をそういう風に扱われるのは……正直……悪い気はしない。この男はいつも胡蝶に、劇物として扱われる快感をもたらす。

「ああ……ありがとう。ついでに楊鍠龍の暗殺も頼む……」

鵬來は震えながら胡蝶を抱きしめた。その時——

「お母様、毒草を摘んできました」

愛らしい声がして、幼い少女が部屋に入ってくる。二人の娘である玲琳だった。

五つになったばかりの娘を見た鵬來は、たちまち胡蝶から離れて立ち上がった。

「お父様、いらしていたのですね」

玲琳は意外そうに目を丸くしてまじまじと父を見上げた。

鵬來は今までのぐだぐだっぷりを一瞬で消し去り、冷たく娘を見下ろすと、声をかけることも頭を撫でることもせず、無言で部屋から出て行こうとする。

彼は娘を恐れている。娘が自分をいつか殺すことと……もしかしたら自分を殺せないかもしれないということを……同じくらい恐れている。だから、彼は娘にこの世の誰より冷たく振舞う。決して触れようとしないのは、間違っても懐かれたりしないためだ。

「おい、心配事はお前の長女に相談してみるといい。あの小娘ならば、上手に始末をつけてくれるだろう。尻を拭いてもらえ」

胡蝶はくっくと笑いながら、去り行く男の背中に言葉を投げた。鵬來は無言で頷き、今度こそ部屋を出て行った。

父母のやり取りを見て、玲琳は不思議そうに小首をかしげている。

「こっちへ来なさい、玲琳」

　胡蝶は娘に手を伸ばす。玲琳はぱっと笑顔になり、駆け寄ってきてちょこんと座った。その顔をじっと見つめる。自分とは少しも似ていない娘の美貌は、間違いなく父から受け継がれたものだろう。

「お父様は何の御用だったのですか？」

　玲琳は丁寧な言葉づかいで聞いてきた。

　本当に、自分とは少しも似ていないないと胡蝶はいつも思う。

　自分のしゃべり方は母であり里長である月夜のしゃべり方に反発してのもので、正直に言えば……反抗期の産物である。子は親と違う生き物になるべきだ。故に胡蝶は母と違う言葉を使い、そして娘にもまた違う言葉を教えた。その結果、玲琳は自分と似ていない娘になった。

　それでいい……それが可愛い……胡蝶は満足そうに笑う。

「あの男は私を恐れ敬っているのだよ。だから時々跪きに来る。蠱師は人に恐れられることが誇りだ。だから……蠱師はまともな恋などすることはない。愛や恋など求めたところで蠱師を愛する者などいるはずがないのだから」

　蠱毒の里の蠱師にとって、色恋の価値は低い。胡蝶もまたその価値観の中にいる。

「だから玲琳、よく覚えておきなさい。いずれ年頃になり、万が一お前に縁談が来たならば――その時はお前のために金を使ってくれる男を選びなさい。お前の父は愚かで無能だが、私のために莫大な金を使ってくれる男だからね」

すると玲琳は瞳をキラキラ輝かせた。

「はい、お母様。私は私のためにお金を使ってくれる男を選びますね」

「いい子だ。蠱術のために、立派な金づるを選びなさい」

そう言って、胡蝶は娘の柔らかな頬を撫でた。

第五書　冬ノ密書

慧眼の女帝陛下に、役立たずの女官が懐かしいお話を謹んでお伝え申し上げます。

女帝陛下も覚えていらっしゃることでしょう。

玲琳様の嫁ぎ先が決まった、あの冬のこと……


「玲琳を、嫁に出そうと思うのです」

大陸に君臨する大帝国斎の皇帝の私室で、女帝李彩蘭は言った。美しく賢く恐ろしい……偉大なる女帝は、華麗な彫刻の施された椅子にゆったりと腰掛け、艶美に輝く瞳で目の前の人物を見上げた。

そこに立っていたのは女帝の夫にして、かつては皇帝の護衛官でもあり、国一番の武人と謳われた男、普稀だった。

普稀は女帝の言葉を聞いて厳めしい顔を愉快に歪め、目をまん丸くしてみせた。

「彩蘭……大丈夫かい？　熱でもあるのか？」

普稀は本気で案じ、彩蘭の額に手を当てた。

彩蘭は涼やかに笑いながらその手を押し返す。

「わたくしは正気ですよ。玲琳を、嫁に出すと決めたのです」

強くはっきり言われ、普稀はごくりと唾を呑んだ。

「きみはなんて恐ろしいことを……玲琳姫を受け止めきれるような男が、この大陸に存在していると思うのか？」

斎には多くの皇女がいるが、その中で十七番目の皇女……李玲琳は特別な……いや、特殊な……いやいや、特異な……いやもうはっきり言おう、異常な姫君であった。

斎の山中に巣くう蠱毒の民の血を引き、蠱術を扱う蠱師――それが斎帝国第十七皇女、李玲琳だ。

そんな皇女を嫁に出すなど、虎に言語を教えるより困難な道であるに違いない。

「この世は広いのですよ、普稀。わたくしはあの子の可能性を信じます。この世のどこかにきっと、あの子を愛し守り添い遂げてくれる人物がいることでしょう」

普稀は渋面で唸った。その顔には、とてもそんなことは信じられないと書いてある。

「あの子はわたくしの命令に従うでしょうから、わたくしが勝手に相手を決めてもいいのですが……まずは見合いをさせてみましょう。直接会えばあの子の魅力が伝わるかもしれませんからね。差し当たって候補に考えているのは――」

彩蘭はいくつかの国の王子の名を挙げる。

普稀はたちまち眉をひそめた。

「異国の相手ばかりだ。何かあった時のため、きみの傍に置いていた方がいいんじゃないのか？」

「いいえ、ここは……あの里に近すぎる……彼女たちはしばしば物品の買い出しをこの都で行うと報告を受けていますからね」

彩蘭は突如真顔で呟いた。普稀ははっとして顎に拳を当てた。

「なるほど……玲琳姫を彼女たちから遠ざけるのが本当の目的か」

「それもあります。ただ……わたくしはあの子をここより自由な場所で好きなだけ蠱術に没頭させてあげたいとも思っているのですよ。それもまた、本当です」

「ああ、分かっているよ。きみは玲琳姫を心から愛しているものな」

普稀が理解を示すと、彩蘭は満足そうに微笑んだ。そしてぽんと手を叩く。

「さて……そうと決まったら、さっそく見合いの手配をしましょう」

「ぎゃあああああああああ!!」

閉ざされた後宮の庭園に、絶叫が響き渡った。

腰を抜かしているのは、女帝の妹である二人の皇女だ。

皇女の前には百を超える大蜘蛛がぞろりぞろりと這い回り、皇女たちを睨みつけていた。そしてその間には、衣の燃えカスが……

「その格好から見るに、お前たちは私の姉の皇女たちかしら？　皇女が庭で焚火遊び？　私がお姉様からいただいた衣を燃やしたの？　なんて馬鹿なのかしら。馬鹿すぎる……私、馬鹿は嫌いなのよ」

断じたのは第十七皇女の玲琳である。幼さの残る愛らしい顔で、衣を燃やした姉たちを冷ややかに眺める。

燃えた衣は先日彩蘭からもらったばかりの衣だった。金糸や銀糸をふんだんに織り込んだ素晴らしい絹の衣で、蟲に卵を産みつけさせるのに最適だと、玲琳は喜んでいたのに……

「ああ、そうだわ……お前たちが苗床になってくれるかしら？　お前たちの肉は栄養が行き届いていて、この子たちの卵を全身に産みつけさせるのに良さそうよ」

玲琳は良いことを思いついたとばかりに、ぱっと顔を輝かせる。

「ねえ、素敵だと思わない？」

とろけるような笑みを向けると、皇女たちはその笑みの朗らかさと言葉の悍ましさの落差に慄き、喉の奥で呻き声をあげた。

皇女たちが這って逃げようとしたその時、横から大量の水がぶちまけられた。皇女たちはずぶ濡れになり、放心する。

「ああもう、危ないじゃないですか火遊びだなんて。これでちゃんと消えました？　少しでもくすぶってたら危険ですからね」

大きな桶を抱えて走ってきたのは玲琳付きの女官である葉歌だった。なるほど、彼女は皇女たちの前にあった衣の燃えカスに水をかけたらしい。

「気が利くわね、葉歌」

玲琳は女官を褒め、自分の顔を拭った。葉歌のぶちまけた水は、玲琳にもしっかりかかっていた。

「あらやだ！　申し訳ありません。水くらいかかっても死なないと思ってつい……」

葉歌はあわあわと言い訳したが、つまりわざとか……玲琳が皇女たちを襲うのを止めたかったのだろう。

「まあそんなことはさておきですね、実はさっき彩蘭様から呼び出されまして……」

葉歌は主に水をぶっかけたことをさておいて、話を進めた。

「姫様に、なんと……見合い話があるとのことですわ！」

彼女は瞳をキラキラと輝かせ、両手を胸の前で握り合わせて玲琳に詰め寄った。

「姫様はほら、殿方とほとんど会ったことがないでしょう？　まずは殿方と交流することが肝要だと、彩蘭様は仰せですの」

葉歌はさらにぐいぐいと距離を詰めてくる。その顔には、面白そう！　とあからさまに書いてある。

「ね？　お友達を作るとでも思って、気軽に会ってみては？」

興奮して鼻息が荒い。

「何ですって？」

そんな葉歌の足元で、腰を抜かした皇女たちが信じられないという顔をする。

「嘘でしょう……ありえないわ」

「どうせ無理に決まってるわよ。こんな汚らわしい子……見初める殿方なんてこの世のどこにもいないわ」

ひそひそと囁き合う。

そんな皇女たちを置いて、葉歌は玲琳を引きずった。

「さあさあ、そうと決まったらさっそくおめかししなくっちゃ！　姫様は黙ってさえいれば美人なんですから、とにかく見てくれで殿方を騙しましょう！　大丈夫ですよ、中身がどれほど気色の悪い変人の蠱師だって、黙ってれば分かりませんもの！」

「お前は本当に……無礼ね」

玲琳はしかめっ面で嘆息した。

とはいえ、特段拒む理由はない。玲琳にとって、姉は女神だ。彼女が命じるならば、逆らうという選択肢はありえない。

こうして玲琳は、生まれて初めての見合いをすることになったのだ。


一人目の男は斎より遥か東方の国の王族の若者だった。

純朴そうで丸い目がフクロウにちょっと似ていて、玲琳は胸中で男をフクロウと名付けた。

フクロウは酷く緊張した面持ちで、見事な調度品の設(しつら)えられた部屋に立っていた。そこは客人を招く時に使う部屋で、玲琳もあまり入ったことはない。斎の後宮は男子禁制だが、こういう特別な時は男の存在が許されている。

「お前が私の相手なの？」

玲琳が部屋に入って尋ねると、フクロウは玲琳の顔を見て固まった。目を合わせているうち、彼の顔はぽーっと赤くなり、瞳が奇妙にキラキラと輝き始めた。

「は、はい……あなたが玲琳姫ですか？」

フクロウは震える声で言い、自らも名乗った。

「わ、私などがお相手でいいのでしょうか……」

「お姉様がお決めになったのだから構わないわ」

玲琳は姉の姿を思い出し、かすかに笑みを浮かべた。その笑みに、フクロウはますます赤くなった。病気だろうかと玲琳は訝った。

「その……私は田舎者で……斎のような都会の教養もなく、気の利いたことも言えないのですが……お会いできて嬉しく思います」

フクロウは耳まで真っ赤になりながら言った。

「遠路はるばるよく来てくれたわね」

玲琳が歓迎の言葉を述べると、フクロウは陶酔するように玲琳を見つめた。

「ひ、姫君は庭の散策がお好きだと伺っていますが……」

「え、庭の散策？」

そのような趣味を自分は持っていただろうかと玲琳は首を捻る。庭の散策というか、庭いじりならいつもしているが……

「よろしければ……ご一緒に……斎の宮廷の庭園はたいそう美しいと聞いています。案内していただけませんか？」

フクロウは懸命に誘いかけてきた。

「ダメですよ」

突如玲琳の背後から、唸るような声がかかった。

ぎょっとして振り返ると、いつのまにか葉歌が真後ろに立っていた。

「お二人とも、この典雅なお部屋で優雅にお茶でも飲んで風雅な会話をお楽しみくださいませ。お庭にですって？　そのような際どいことは、もっと関係を進めてからなさるべきですわ」

怖い顔で忠告してくる。

玲琳は女官の顔と戸惑うフクロウの顔を見比べて――

「案内するわ。ついていらっしゃい」

「姫様あああぁ！」

葉歌が絶叫する。

その取り乱し方にフクロウが目を白黒させる。

「放っておいて大丈夫よ。ついてきて」

そう言うと、玲琳は部屋を出た。フクロウがぱっと顔を輝かせてついてくる。

葉歌はその場に頽れて、無念そうに床を叩いていた。

玲琳はよく知った自分の庭園に彼を案内する。

「ここがお姉様からいただいた私の庭よ」

ひらり手を広げて玲琳は庭園を示した。そこは後宮を取り囲む他の庭園のように花々の咲き誇る美しい庭園ではなく、地味な草木が植わる静かな庭だった。

フクロウは少々意外そうにその庭を眺め、優しく笑いかけてきた。

「姫君の誠実なお人柄を表した素晴らしい庭園だと思います」

褒められて、玲琳はたちまち嬉しくなった。この良さを理解する人間がいるなんて
……！

「そうでしょう？　素晴らしいでしょう？」

「はい、緑が美しくて心が洗われます。どことなく安らぐような……」

言いかけて、フクロウはふと真顔になった。庭園に目を凝らす。

「何か……おかしな物音が……何かいるのですか……？」

「ああ……お前はなかなか勘がいいのね」

玲琳はふふっと笑った。

「せっかくだから見せてあげましょうか？」

「ダメですよ！　ダメダメ！」

玲琳の提案を、また遮る声が……振り向くと、木の陰に隠れた葉歌が両腕で大きく
バツを作っている。

「何を見せていただけるのですか？」

葉歌に気づかなかったフクロウが、不思議そうに聞いてくる。

「ダメダメダメえええええ！」

木をガリガリとひっかきながら葉歌は小声で叫んでいる。

「私の大切なこよ」

玲琳はもう葉歌を無視すると決め、庭園の低木を指さした。

ここはただの庭園ではない。ここは……母が作り、玲琳が育てた毒草園だ。植わっているものは全て、その身に毒を抱く植物。玲琳はその一か所を指したのだ。

「出ていらっしゃい。あなたたちに会いたいという人間がここにいるわ。その美しく愛らしい姿を見せてあげて」

途端……低木がざわざわと揺れ始めた。

「な、何か……猫か何かを飼っていらっしゃるのですか？」

フクロウは、不穏な気配にいささか表情をこわばらせながら聞いてきた。

「いいえ……浅薄な毛玉を飼う趣味はないの。私が愛するのは、もっと美しいこ」

次の瞬間、低木から巨大な蛆虫が這い出てきた。ぞろぞろぞろぞろ……姉からまた新しく衣をもらったので、そこに卵を産みつけさせていた。それが今、孵ったのだ。

「これは生まれたばかりの蟲なの。とても可愛らしいでしょう？　つやつやぷっくりしていて愛嬌があると思わない？　たくさん集まっているとまた魅力的よね。あんな愛くるしい生き物って、他にいるかしら？　ああ、いけない……他の子たちが嫉妬しちゃうわ。ねえ、どうか近くで見てあげて？」

　玲琳が誘いかけると――

「うあああああああああああ！」

　フクロウは絶叫した。その声をたどるように、巨大蛆虫たちはうごうごとこちらへやってくる。

「ひいいいいいいい！」

　また悲鳴を上げながら腰を抜かし、フクロウは地面を這って逃げようとする。

「……蟲はあまり好きじゃなかったかしら？」

　玲琳はがっかりしながら尋ねた。フクロウはもう涙目になっていて、答える余裕はとてもなかった。

「あーあ……やっぱりこうなった。ほら、お部屋へ戻りましょう」

　肩を落としまくった葉歌が出てきて、フクロウを無理やり立たせる。

「仕方がないわね」

　玲琳は腕を振って蛆虫たちを草木の中へと下がらせた。

　部屋に連れ戻されたフクロウは、一瞬で二十も歳をとったようにげっそりしていた。

　椅子に座り、呆然と俯いている。

「お前は蟲の良さが分からないのね。でも、毎日見ていればあの子たちの素晴らしさがきっと分かると思うのよ。分かるまで私が教えてあげるわ。だからまた——」

「無理です……」

俯いたままフクロウは零した。

「申し訳ありません……お許しください……私には無理です……」

小刻みにかたかたと震えている。

「申し訳ありません……申し訳ありません……」

フクロウはそれ以外の言葉を発することはなく、歩く屍のように後宮を去った。そしてその日以降、二度と姿を見せることはなかった。


二人目の男は斎の南端に接する国の王子だった。

例の飾り立てた部屋に通された男は、窓から雅やかに庭園を見ていた。玲琳の入室に気づくと、振り向いて朗らかに笑いかけてくる。男の顔は整っていたがイタチに似ていたので、玲琳は胸中で男をイタチと名付けた。

「ここはいつ来ても美しい場所ですね」

イタチは開口一番言った。宮廷には慣れているという風だった。彼は隣国の王子だし、幾度かここへ来たことがあるのかもしれない。

「そうね、お姉様のいらっしゃるところはそれだけで美しいわ」

玲琳は当たり障りのないことを言った。しかしイタチは何故か可笑しそうに笑った。

「玲琳姫が彩蘭陛下をお慕いしているという話は本当だったんですね。お二人は仲がよろしいようだ。それに、お顔立ちがよく似ていらっしゃいますね。お二人とも月の雫が人の形を写したかのようです」

褒められて、玲琳は照れてしまった。

「……私なんてお姉様の足元にも及ばないわ。お姉様のような悍ましくて恐ろしい女神に比べたら、私なんてまだまだだもの」

ふふっと笑み崩れる。

イタチは面食らったようにしばし言葉を失い、気を取り直して微笑んだ。

「神が定めた私の姫君……あなたを見ていると泉のように言葉が湧いてくるのですが、詩歌を少々聞いていただけますか？」

今度は玲琳が面食らう。楽師などが宮中の美姫に向けて詩を詠むなどという話は聞いたことがあるが、まさか自分の身に起ころうとは思ってもみなかった。

「まあステキ！」

華やぐ声で言ったのは、むろんのこと玲琳ではなかった。もはや驚きもなく後ろを見ると、やはり葉歌がいた。組み合わせた手に頰を寄せて、うっとりしている。

「せっかくですから聞かせていただきましょうよ」

葉歌はいそいそと椅子を持ってくると、窓際に置いた。

「さあ、姫様。座ってくださいな」

更にいそいそと玲琳を座らせ、少し離れてその図を確認し、うんうんいい感じと満足感に浸っている。

それを見て、イタチは微苦笑を浮かべていた。なかなか寛大な男と見える。

「じゃあ聞かせてちょうだい」

玲琳は促した。イタチは軽く息を吸い、朗々と詩を紡ぎ始めた。

「光の中に座すは……麗しき月の女神……その瞳は潤み……星を宿して煌めいている……真珠のごとき白い肌……花は姫君の顔を見るために花弁をほころばせ……鳥も麗しき姫を称えて囀って(さえず)いる……」

艶のある美しい声……まるで歌っているかのようだ。

見れば、葉歌などはとろんと目を閉じている。

玲琳は真剣な顔でその詩を聞き続け……終わったところでぽんと手を叩いた。

「分かるわ」

「え？　何がでしょう？」

そういう言葉が返ってくるとは思っていなかったのだろう。イタチは困ったように聞き返してくる。

「私はね、蟲に命令するとき同じように言葉を使うわ。書簡なども同じね。相手に礼を尽くして言葉を伝えるということでしょう？　私が蟲に命じる時は、その蟲の存在意義や私が求めることを明快に……そしてなるだけ美しい言葉で伝えることを心掛けているわ。あの子たちは人の言葉を理解するのよ。丁寧に美しく言葉を紡げば、それだけ蟲に伝わりやすくなるの。声もよく通るように、楽の音のように響かせるとないいわ。術者はみな、そういう風に工夫して蟲に命じる言葉を決めるのだとお母様に教わったわ」

玲琳は納得するように言った。

「そういうことでしょう？」

同意を求めるが、イタチは戸惑っているようで返事がない。

「いや、絶対違うと思いますけど！」

葉歌がくわっと目を剝いた。どうもこの殿方は、彼女の好みに合っていると見える。

葉歌は素早く駆けつけ、玲琳の口をぱしーんと手で覆った。

「黙ってましょうよ、姫様。黙っていればいいんです。あなたはただ黙ってそこに座っていればいいんです」

「私を何の役にも立たない無力な女のように言うのはおやめ」

玲琳は葉歌の手を振り払い、言い返した。

「そーゆー意味じゃありません！　ちょっと猫かぶろ？　ってことです！　ね？　かぶりましょ？　今度は余計なことして失敗しないでほしいんですよ。本当にお願いしますよ!!」

葉歌は必死に言い募る。

「余計なことなんて……」

「何か言いました？」

じろりと睨まれ、玲琳は思わず笑ってしまう。この女官は……本当に可愛い……

「ええ、分かったわ。余計なことはしない」

「本当に本当にお願いしますね！」

血走った目で言い、葉歌はようやく玲琳から離れた。

「騒がしくして悪かったわね。お前は私に自分を見せた。私もお前に自分を見せたいわ。私を知ってくれるかしら？」

すると訝しんでいたイタチは表情を明るくして微笑んだ。

「ええ、ぜひともお見せください。あなたの全てを受け入れます」

「え、ちょ……待って」

葉歌が青ざめるのを無視して、玲琳は軽く腕を持ち上げた。そこから、角のある不気味な色の蛇がにょろりと姿を現す。

イタチは無言で飛び上がり、ガタガタッと音をさせて後ずさった。

「これが私の愛する蠱。私はね、蠱師なの。私の愛するこの子たちを、お前も愛してくれるかしら？」

玲琳は問いかける。イタチは真っ青な顔で凍り付いている。悲鳴を上げる気配はない。これは……いけるかもしれない。

「もっと見たい？」

玲琳はにこっと笑い、袖から更に蛇を出した。数十四の蛇が、玲琳の袖口から顔を出してにょろにょろと蠢（うごめ）いている。

これでも悲鳴を上げない。玲琳が期待に胸を膨らませると、イタチはじわじわと距離をとり始めた。

「姫君、あなたがどのような御方（おかた）であろうと、私のこの心にはわずかの陰りもありませんよ」

引きつった笑みを浮かべて言う。

「ですが今日は、いささか体調が悪く……めまいや頭痛や吐き気が止まらず……失礼してもよろしいでしょうか？」

「あら、大丈夫？　診ましょうか？」

「いいえ！　お気遣いなく。失礼いたします。それではまた！」

言うが早いか、イタチは部屋から飛び出した。どたどたと足音をさせて走ってゆく。

「これは……なかなか上手くいったんじゃないかしら？」

玲琳は上機嫌で振り返る。

するとそこには、床に膝と手をついて打ちひしがれた葉歌の姿があった。

「どう考えたら今のが上手くいったと思えるんですか……」

「それではまた——と、あの男は言ったわよ」

「姫様……世の中には社交辞令とか社交辞令とか社交辞令とかあるじゃないですか」

あはははは……と、葉歌は力なく乾いた声を口の端から零す。

「まあ、次に会った時どう思ったのか聞いてみればいいわ」

玲琳は肩をすくめた。

しかしイタチが玲琳を訪ねてくることは二度となかった。


三人目の男は、斎の西方に位置する国の大将軍の息子だという。

厳めしい男を見た瞬間、玲琳は胸中で男をクマと名付けた。

クマは玲琳が入室するなり深々と頭を下げた。

体を鍛えていることは服の上からでも分かり、たくましさを感じさせた。武芸に優れた家系と聞いている。これはそうとうな胆力(たんりょく)を有しているに違いないと玲琳は期待した。

「お前は強い？」

玲琳は開口一番尋ねた。

「は、家名に恥じぬと自負しております」

玲琳はとくとクマを観察した。姉の彩蘭は、皇帝の護衛官だった男を夫として迎えている。たいそう仲睦まじく暮らしていることを、玲琳は知っている。ああいう強い男でなければ、姉の相手は務まらなかったに違いない。つまり自分にも、強い男が似合っているのではないか？　鍛え上げた男であれば、蠱に怯えて逃げ出すこともないだろう。

クマは玲琳の期待通り堂々とした佇まいだ。

「私は蠱師なの。聞いている？」

「は、存じております」

「恐ろしいと思う？」

「いいえ、虫などどこにでもいるものですし、さほど恐ろしいとは思いません」

「へえ！　そう……」

玲琳は気分が良くなり口元をほころばせた。

自分の愛する蟲を、この男も好きになってくれるかも……

「いいですね、いいですね、これは当たりですわよ」

また例によって、葉歌が背後からはしゃいだ声を上げる。もはや振り返る気にもならない玲琳だった。

しかしまあ……確かに蠱師にはいい相手なのかもしれない。そう考え、玲琳はふと思い出した。昔母から言われたことだ。

「ねえ、お前に聞いておきたいことがあるわ」

「は、何でしょう？」

「お前は――私のために金を使ってくれる男かしら？」

これは母胡蝶の教えだ。愛や恋など求めず、金を使ってくれる男を探せと母は言った。玲琳はその言葉を信じている。

「姫様！　馬鹿！」

葉歌がいきなり怒鳴った。馬鹿？　動揺のあまり語彙も失われてしまったらしい。

「……玲琳姫は斎の皇女。贅沢に慣れていらっしゃることでしょう。私も可能な限りあなた様の願いを叶えたいとは思いますが、倹約は大事なことかと存じます」

クマは難しい顔で答えた。玲琳は目を丸くして首を振った。

「私自身は贅沢など求めないわ。ただ、蠱術は金がかかるものなの。私は蠱師であることに誇りを持っている。日々の修行によって、より高みへ登ろうと邁進している。それがどれほど苦難の道であっても、歩みを止めないと決めているの。お前には、それを助けてほしいのよ。私の蠱術を支えてほしい。お前は私に金を出せる？」

真剣な顔で詰め寄ると、クマの表情が変わった。彼は感嘆の吐息を漏らし、深々と頭を下げた。

「姫の想いも知らず、無礼を申しました。私も武芸に身を捧げた者。道を究めんとする姫君のお気持ちは痛いほどに分かります。玲琳姫、あなた様の道を、私にも支えさせてください」

真摯に言われ、玲琳は感動した。こんなにも蠱術に理解を示されたことは今までに一度もなく、この男こそが最良の相手に違いないと確信した。

「ええ、蠱術のためにお前の力を貸してちょうだい」

「姫……！」

クマは感極まって、玲琳の手を取ろうとした。

その時、玲琳の胸元から大きな蜘蛛が出現した。それはみるみるうちに巨大化し、人の身の丈を超えるほどの大きさになって壁に張り付いた。ぎょろりとした目を向けられたその瞬間——

「うぎゃああ!!」

クマは絶叫した。

玲琳はこれほどの悲鳴を人の口から聞いたことがなく、その大きさに驚いて飛び上がった。

「ひいいいいいいいいいいいいいいいいいいいいいいいいいいい！」

クマはなおも叫び、叫び、叫び……とうとう部屋から飛び出していった。

そして、もう二度と戻って来ることはなかった。

「私が男にモテない女だということが、これでよく分かったわ」

姉の膝に縋る玲琳が深い確信を滲ませて言った。

「困りましたねえ」

彩蘭は柔らかな声音で応じる。

場所は彩蘭の自室で、呼び出された玲琳は姉の座る椅子の足元に座りこみ、膝に縋っているのだった。

「あなたが悪いわけではないのですよ。だからどうか、悲しまないでくださいね」

　彩蘭は優しく玲琳の頭を撫でる。

「悲しんではいないわ。ただ、蟲の美しさと愛らしさを誰にも理解してもらえないことが悔しいの」

　玲琳はぐっと唇を噛みしめる。

「どうして誰もかれも……美を理解しないのかしら……」

「本当に価値あるものは、理解されるまでに時間を必要とするのですよ」

　彩蘭はどこまでも優しい。

「焦ることはありません。ゆっくり相手を見つけてゆきましょうね」

　微笑む彩蘭に、玲琳は猫の如くすり寄った。

「急がないわ。お姉様の傍に長くいたいもの。ずっと嫁に行かずここにいてもいいのじゃないかしら」

「そうですね……わたくしもあなたが傍にいると嬉しいですよ」

　彩蘭は一点の曇りもない優しさで、妹を撫で続けた。

　やがて玲琳が自分の部屋に戻ってゆくと、彩蘭は淡い吐息をついた。

「だから言っただろう？　玲琳姫に釣り合う男なんているはずがないって」

　普稀が苦笑いで言った。

「あなたですら、あの子を恐れていますものね」

「虫は苦手なんだ」

「わたくしも蟲を好きというわけではありませんよ。ですが、あれには利用価値があるのです」

それゆえ彩蘭は、玲琳に蠱術を許している。危険な蟲や毒草園を自由に使わせているのは、玲琳が自分に服従する蠱師だからだ。しかし、ここではいつ危険な誘惑に遭うとも限らない。あの里からは、離しておいた方がいいのだ。

「きみは利用できるものなら何でも利用するからな。で？　どうする？」

「数をあたるしかないでしょうね。あの子を受け入れられるほどの殿方が見つかるまで……」

「玲琳姫が老いてしまうんじゃないか？」

「……まあ、世の中には色々な趣味を持つ殿方がいますから」

「だといいがなあ……」

「他にどこか都合のよさそうな国は……」

彩蘭が考え込んだその時、女官が書簡を運んできた。

「なんだい？」

「まあ……先日魁国に送った書簡の返事ですね」

魁国は斎帝国の北方に位置する新興国だ。先帝の時代まで、両国は戦をしていたが、今は同盟を結んで平穏な関係を築けている。

「会談したいと思っているのですよ。ぜひ一度、直接会ってみたいのです。魁の新しい王に」

「楊鍠牙……だったかな」

「ええ、その方ですよ」

彩蘭は書簡を開き、紙面にざっと目を走らせた。普稀も横から書簡を覗き込み、二人はその内容を頭に入れてしばし沈黙した。

ややあって普稀は引きつった笑いを零した。

「これは……どういう男なんだ？」

「ふふ……要約すると、同盟国だからと言って馴れ合うつもりはない。お前のように卑怯で恥知らずな女帝に会うつもりはないから二度と書簡など寄こすな。よその国にちょっかいを出している暇があったら暗君に痛めつけられた自国をどうにかしろ――ということが、極めて慇懃な言葉で長々と綴られていますね」

「楊鍠牙は自殺志願者なのか？　それともただのイキった阿呆か？」

斎の女帝李彩蘭にこんな書状を送ってきた人間など今まで一人もいない。同盟を破棄して再び戦火を交えてもいいと思っているのか……

「……まあ、どちらにしても手懐(てなず)けるのは難しくなさそうですね」

彩蘭はふふふと笑って紙と筆を用意させた。

さらさらと書きつけた文字を上から見て、普稀はまた啞然とする。

「これは……要約すると、弱小国が調子に乗るのはダサいからやめとけ。舐めた口利くと同盟を破棄してお前の領土をぶんどってしまうぞ……と」

そういう内容が極めて易しく穏やかで流麗に書かれている。

「送ってしまうのか？」

「ええ、送ります」

彩蘭はくるくると書簡を畳んだ。


そしてしばらく時が経ち――

「楊鍠牙から書簡が返ってきました」

「え、あれに返事がきたのかい？」

彩蘭は私室の椅子に腰かけ、悠々と書簡を広げる。彩蘭と普稀はまた同時に書簡を確認する。

「……要約すると、蛮族の国と侮って調子に乗った結果痛い目に遭った分際で恥ずかしくないのか。父親の尻拭いをし続けているお前の方が遥かにダサい……と、書いてありますね」

「……本気でヤバい男だな」

普稀はごくりと唾を呑む。

「ですが……案外敏い方かもしれませんね。こちらのことをよく調べている」

彩蘭は真顔で書簡を読み直した。長々と書かれた言葉の端々に、こちらの内情を知っている気配がある。

彩蘭が文面の一点に目を留めていると、普稀がぽんぽんと彩蘭の肩を叩いた。

「きみの父がしたことは、きみの責任ではないよ」

彩蘭はふっと笑った。

「ええ、もちろんですよ。では、返事を書くとしましょう」

「え、また書くのかい？」

もうやめた方がいいのではと普稀は言外に告げるが、彩蘭は筆を執った。

前回より時間をかけて書かれた文面に普稀はのけぞる。

「よ、要約すると……いい年して嫁もいない男の方が憐れだ。死んだ許嫁を引きずっているのか知らないが、執念深くてみっともない。跡継ぎもいない国では早々に滅ぶだろう。その前に同盟国である斎にしっぽを振れ……と」

普稀はじろりと彩蘭を見下ろした。

「彩蘭……きみもたいがいだ」

「あなたは誰の味方ですか？」

彩蘭はゆらりと手を伸ばし、傍らに立つ夫のひげを撫でた。普稀はその手を握り、粛々と答える。

「頭のてっぺんから足の先まで、きみの味方だ」

「ええ、ではこれを送りますよ」

彩蘭はにこやかに微笑んだ。

「その間に魁のことをもう少し調べましょう。何通かやり取りしたところで、甘い言葉をかけてみます」

ふふふと彩蘭は楽しそうに笑う。

「……きみが嬉しそうならそれでいいよ」

普稀は苦笑いで女帝の暴虐を受け入れた。

しかしながら――

「乗って来ませんね……」

幾度ものやり取りの末、甘い言葉をかけても楊鍠牙は全く変わらなかった。季節は冬を迎えており、窓の外に吹く風は書簡に綴られた言葉と同じくらい冷たい。

「彼はもしかしたら……感情でこの書簡を送っているのではない……？」

「どういうことだい？」

普稀はいつもと同じく彩蘭の傍らに立ち、書面を覗き込む。そこにはいつもと同じく罵詈雑言が甘い真綿にくるまれて刻まれている。

「楊鍠牙は、むしろ私を感情的にしようとしているのかもしれませんね」

「きみを思い通りに動かそうとしているとでも？」

「ええ」

「まさか……こんなやり方では下手をしたら同盟破棄で戦争一直線だ」

「それが目的だとしたら？　彼は戦乱の世に戻っても構わないと思っているのかもしれません」

普稀はさっと顔色を変える。くだらないやり取りだと思っていたこの書簡に、実は恐ろしい戦の火種が隠れていたというのか……

「今更戦を？　どうしてだ？　戦場で名を馳せたいとでも？」

「斎と戦っても勝てるという自信があるのかもしれません。彼は戦上手を謳われた楊鍠龍の息子ですからね」

「馬鹿げた話だ。今やり合って斎に勝てると思うのか？　先帝の時代とはもう違う。今の皇帝は李彩蘭だ」

もともと武人である普稀は鼻で笑った。

「ええ、今の魁が勝てるはずはありません。けれどこの方には、戦乱より恐ろしいものがあるのかもしれませんね。だから、戦や死など恐れないのかもしれません」

彩蘭は今まで届いた書簡を並べて見比べ、考え込んだ。

「何か恐ろしい深謀遠慮（しんぼうえんりょ）を巡らせているのかも……」

しばし書簡を睨み、そしてふふふと笑い出した。

「普稀、わたくしは決めました」

「なんだい？　まさか戦を……？」

「玲琳を、楊鍠牙に嫁がせます」

「……………なんだって!?」

普稀は仰天して大声を上げた。

「決めました。彼ならば……玲琳を恐れない」

彩蘭は確信をもって断じた。

「そうと決まればすぐ手はずを整えましょう。まずは本人に打診します」

玲琳は今までの書簡と違い、正式な国同士のやり取りをする時に使う紙を用意させると、そこに妹を嫁がせたい旨を記した。

「本気で玲琳姫をこの男に嫁がせるのかい？」

出来上がった書簡を見て、普稀は恐る恐る尋ねる。

「ええ、この世で玲琳に相応しい殿方がいるとしたら、それは魁王楊鍠牙以外にありえません」

彩蘭は封をした書簡を女官に託す。そして柔らかに微笑んだ。

「わたくしはあの子の姉ですからね。あの子が幸せになる道をいつだって模索しているのですよ」

それからしばらく後、斎帝国皇女李玲琳は魁国王楊鍠牙に嫁ぐことになる。

そこで何が繰り広げられるのかは、斎の女帝でもまだ知らない。

追伸

「え……？　鍠牙、これはお姉様の手蹟ではないの⁉」

鍠牙の自室に広げられていた書簡をなにげなく見下ろし、玲琳は声を上げた。

「ん？　ああ……その忌々しい書簡か……整理していたら見つけてな。捨てようと思っていたんだが……」

鍠牙は心底忌々しげにぼやいた。近づいてきてその書簡を取り上げようとするが、玲琳はその寸前で書簡を攫う。

「お前、お姉様と書簡のやり取りを？」

「……十八年以上前……あなたが嫁ぐ前だな」

「知らなかったわ。お前がお姉様と親しく書簡のやり取りをしていたなんて」

玲琳はまじまじと書面を見つめ、眉をひそめた。

「お前……お姉様を何か怒らせたの？」

そこには控えめに見積もっても、相手を言語という名の拳でぶちのめしてやろうという真摯な想いが込められていた。

「俺は何も。ただ、あっちが喧嘩を売ってきたんだ」

鍠牙はにこりと笑った。

「で、本当は？」

「李彩蘭の物言いが何だか鼻についたんでからかってやろうと思ったら、あっちが乗ってきたんだ」

「呆れた！　本気でお姉様を怒らせて戦にでもなったらどうするつもりだったの」

「別に構わんが……まあ、そうはならないだろうなと思ってたさ。あの手腕で国を立て直していた小賢しい女帝だ。俺に腹を立てるなどという無駄なことに労力は使わないだろう？　俺はただ、奴が気に食わなかったから言い返していただけで、まあ相手がどう思っていたかは知らん」

鍠牙はどうでもよさそうに説明する。

自らに罰を与えるかの如く自分を律して生きてきたこの男が、大帝国の女帝に喧嘩を売るとは……よほど彩蘭と相性が悪かったのだろう。

玲琳は半ば感心するほどに呆れた。

「お前は、たいした考えもなく李彩蘭と喧嘩したというわけね。それがここまでお姉様を翻弄するなんて……それで結局、どちらが勝ったの？　この喧嘩は」

「……俺が負けたよ」

彼はいささか面白くなさそうに答える。

「あらそう？　お前が負けたの？」

「ああ、そのやり取りの末に、あなたを妻として送り込まれてしまったからな」

ぼやかれ、玲琳はくっくと笑った。

「それはお前の完敗ね」

すると鍠牙は玲琳の手から書簡を取り上げ、追いかけようとした手をつかんで指先に口づけた。

「ああそうだ。俺はあなたが嫁いでくる前から、もうあなたに負けていた」

「ふふ、そうね。お前はずっと負けている。惨めで無力な済度し難い愚か者」

玲琳は酷い言葉で彼のご機嫌を取ってやる。

「さあ、花見の宴が始まるわ。みなが待っているわよ」

玲琳はそう言って鍠牙の手を引いた。

庭園に出ると、藤の花が咲き誇っている藤棚の下に、みな勢ぞろいしていた。

広々と敷いた敷物の真ん中に、火琳と炎玲が座り楽しそうに笑っている。双子の後ろには青徳がいて、時々双子に甘えていた。

彼らを守るように護衛役の雷真と風刃が後ろ手を組んで佇んでいるが、その風刃の腕を火琳が引っ張り、自分の隣に座らせようとしている。風刃は必死でそれを退けようとしているが、少女の細腕を彼は手荒く引きはがすことができずにいた。

それを見て可笑しくなったらしい炎玲が、隣に座っている螢花にひそひそと何か耳打ちした。螢花はつられて笑い出した。

彼らの背後で厳めしい顔の雷真が何か注意すると、双子の近くに座っていた秋茗が怒った顔で言い返した。雷真もそれに負けず言い返し、双子を挟んで喧嘩を始めた。

鍠牙の側近である利汪（りおう）がてきぱきと指示を出し、葉歌を始めとした女官たちが、敷物の上に次々と食べ物を並べてゆく。そして何故か側室である里里や、利汪の妻である朱奈（しゅな）までそれを手伝っている。

しばらくすると彼らから歓声が上がった。庭園の向こうから、のっしのっしと大きな黒い犬神が酒の甕を咥（くわ）えて運んできたのだ。犬神の背には彼の妻である紅玉（こうぎょく）が乗っていて、宴の支度を手伝っているらしかった。

風は暖かく、溶けてしまいそうな春の日だった。

鍠牙は立ち止まり、しばしその光景を見ていた。

庭園の向こうには小さな離れがひっそりと建っている。その窓から、白く美しい手が伸びてこちらに向かってゆるく振られた。

「眩しすぎて怖いの？　手を引いてあげましょうか？」

玲琳は佇む傍らの夫に手を差し伸べた。

鍠牙は玲琳を見下ろして、その手を取り——引っ張って体をひょいと担ぎ上げた。

「ちょっと！」

玲琳が抗議すると、鍠牙は楽しげに笑った。

「久しぶりにこうしたくなったんだ」

それを聞き、玲琳はふっと笑い、彼の耳元に唇を寄せた。

「本当に……お前は済度し難い愚か者。何をしてもどうあがいても幸せになどなれない、毒の化生。死ぬまでずっと、お前は苦しみ続けるの。私がお前を苦しませるの」

藤の香の風に溶けてゆきそうな、甘い甘い毒を注ぐ。

「だから最後まで……苦しみぬいて哀れで無様な死を遂げた、その先の地獄の果てまで……一緒にいきましょう」

――本書のプロフィール――

本書は書き下ろしです。

小学館文庫

蟲愛づる姫君
春夏秋冬の花束

著者　宮野美嘉

二〇二三年十月十一日　初版第一刷発行

発行人　石川和男

発行所　株式会社 小学館
〒一〇一-八〇〇一
東京都千代田区一ツ橋二-三-一
電話　編集〇三-三二三〇-五六一六
販売〇三-五二八一-三五五五

印刷所――――図書印刷株式会社

ISBN978-4-09-407304-1